100 YEARS

乡村医生

卡夫卡小说全集（纪念版）

[奥] 弗兰茨·卡夫卡 著　杨劲 等译

人民文学出版社

目 次
INHALT

乡村大道上的孩子们 001

揭穿一个骗子 009

突然的散步 015

决心 019

山间远足 023

单身汉的不幸 025

商人 027

凭窗闲眺 033

回家的路 035

擦肩而过的人 037

男乘客 039

衣服 043

拒绝 045

为骑手先生所想 049

- 临街的窗户 053
- 盼望成为印第安人 055
- 树 057
- 不幸状态 059
- 判决 069
- 在流放地 093
- 新来的律师 143
- 乡村医生 147
- 在马戏场顶层楼座 161
- 在法的门前 165
- 一页陈旧的手稿 171
- 豺与阿拉伯人 177
- 在矿井的一次视察 187
- 邻村 193

家父的忧虑 195

十一个儿子 199

杀兄 209

一个梦 215

一份致某科学院的报告 221

第一场痛苦 239

小妇人 245

乡村大道上的孩子们

Franz Kafka
Das erzählerische Werk

Ein Landarzt

我听见马车从花园篱笆旁驶过，有时还看见它们出现在树叶轻微摆动的空隙里。在这盛夏，木制轮辐和车辕吱吱嘎嘎地响个不停！从田里干活归来的人们扬起阵阵笑声，这是件丑事。

我坐在我们的小秋千上，正在父母花园的大树之间休憩。

篱笆前人来人往，络绎不绝。孩子们飞快地跑过；运粮的马车满载着麦捆，麦捆上以及麦捆周围坐着男男女女，马车经过的阴影扫过花坛；黄昏时分，我看见一位先生拿着手杖慢悠悠地散步，几个女孩手挽手朝他走来，跟他打招呼时脚踏进了路旁的草地。

继而，鸟儿直蹿向空中，我不眨眼地看着它们，看它们一个劲儿地往上飞，简直觉得不是它们在上升，而是我在坠落，我感到一阵虚弱，抓牢秋千绳子，开始轻轻荡悠。没多久，风已吹得凉爽些了,眼前不再是飞翔的鸟儿,而是颤动的星星,我荡得猛烈了。

我在烛光下吃晚饭。我常把双臂放在木板上,已经很累了,嚼着我的黄油面包。暖风把网眼密布的窗帘吹得鼓起,有时,过路人如果想看清楚我,跟我说话,就用手抓紧窗帘。蜡烛多半一会儿就灭了,在昏暗的烛烟中,聚在一起的蚊子还要转着圈飞一阵。假若有人从窗外问我话,我就盯着他看,仿佛凝视一座山或往空气里瞧,而他也不大在乎我的回答。

如果有人跳过窗户栏杆,告诉我,大伙已经在门口了,我当然就会叹着气站起身来。

"不,你干吗这样叹气?究竟怎么了?发生了一场无法补救的大不幸吗?我们永远也缓不过来吗?真的全完了?"

什么也没有完。我们跑到房门前。"谢天谢地,你们终于来了!"——"你总是迟到!"——"怎么是我?"——"就是你。如果你不想来,就待在家里吧。"——"绝不原谅！"——"什么？绝不原谅？你怎么这样说？"

我们一头扎进暮色里。哪管白天与黑夜。不一会儿，我们的背心纽扣就像牙齿一样互相磕碰；不一会儿，我们保持着相同的距离跑着，像热带动物一样吐着热气。我们仿佛古战场上身穿甲胄的骑兵，高高地坐在马上，蹄声嘚嘚，你追我赶，冲下短短的巷子，就这样跑着冲上了乡村大道。个别人踩进街沟里了，别的人刚一消失在黑暗的斜坡前，就已像陌生人一样，站在田间小路上俯视着。

"你们下来！"——"你们先上来！"——"这样你们就好把我们扔下来了，我们才不呢，这点聪明我们还有。"——"这就是说，你们是胆小鬼。来吧，来！"——"什么？怕你们？不就是你们要把我们往下扔吗？你们能有多了不起？"

我们进攻了，胸口被推了一把，我们躺倒

在街沟的草丛里，心甘情愿地倒下了。一切都均匀地变暖了，我们感觉不到草里的温暖和凉意，只是有些困了。

如果向右转过身，把手枕到耳朵下面，就昏昏欲睡了。虽然很想抬起下巴重新站起来，却反而掉进一个更深的沟里。接着，横伸出胳膊，斜叉着腿，想顶着风一跃而起，肯定又会掉进一个更深的沟里。如此继续，根本不愿罢休。

在最后一个沟里，就会好好睡一觉，完全舒展四肢，特别是把膝盖伸直，——还没想到这一点，就仰面躺着哭起来了，像生了病似的。如果有男孩肘抵着腰，脚板脏兮兮的，在我们上面从斜坡往大道上跳，我们就眨眼示意。

月亮已经升起老高，一辆邮车在融融月光下驶过。一股微风缓缓吹起，待在沟里也感觉得到。近处的树林开始沙沙作响。这时，就不再那么想独自待着了。

"你们在哪儿？"——"过来！"——"一起

过来!"——"你干吗藏起来? 别胡闹了!"——"你们不知道邮车已经过去了吗?"——"哦,知道!已经过去了吗?"——"当然,你睡觉的时候,它就过去了。"——"我睡觉了? 不可能!"——"闭嘴吧,一眼就能看出你睡觉了。"——"可别这样说。"——"过来!"

我们一块儿跑着,挨得更近了,有些人还手拉手,头不能抬得很高,因为是下坡路。有人喊出一声印第安人打仗时的号令,我们就以前所未有的速度飞奔起来,跳跃时,风托起我们的胯。什么也不能阻挡我们;我们跑得如此投入,以至互相追赶时还能抱臂环顾四周。

在山涧小桥上,我们站住了;跑在前面的人转身回来。桥下的水拍击着石头和树根,似乎还没到深夜。干吗不跳到桥栏杆上呢?

从远处的灌木丛后面,驶出了一列火车。所有的车厢都亮着灯,玻璃窗肯定都放下来了。我们中有人唱起了一曲流行小调,其实我们都想唱。我们唱得比火车跑得还要快,我们晃着胳膊,因为光是声音还不够,我们的声音汇成洪流,这使我们感到很惬意。将自己的声音融入其他人的声音时,就像鱼儿被鱼钩勾住了。

我们就这样唱着歌,身后是树林,歌声一直传到远方旅行者的耳中。村子里的大人们还没有睡,母亲们在铺床。

是时候了。我吻了吻身旁的那位,对另外三个站得最近的只握手告别,我开始往回跑,他们谁也没喊我。在第一个十字路口——从这儿起他们就再也看不见我了——我转弯跑向田间小路,重又跑进了树林。我奔向南方的那个城市,我们村子里这样说:

"那个城市的人们!你们想想,他们不睡觉!"

"到底为什么不呢?"

"因为他们不会困。"

"到底为什么不呢?"

"因为他们是傻子。"

"傻子就不会困吗?"

"傻子怎么会困呢!"

杨劲 译

Franz Kafka
Das erzählerische Werk

Ein Landarzt

揭穿一个骗子

一个以前与我只有泛泛之交的男人这次很意外地又和我结伴同行了，他拉着我在巷子里转悠了两个钟头之后，我们终于在晚上十点左右，来到了这所体面的房子前。

"好了！"我说道，双手一拍，表示无论如何要告别了。这种不十分明确的告别尝试我已做了好几次。我已经很累了。

"您马上就要上去吗？"他问道。我听见他嘴里有响动，像是牙齿的磕碰声。

"是的。"

我是应邀而来的，这我一开始就对他讲了。但我是被邀请走上去——我早就想进去了——而不是站在下面的大门前，看我面前这人的耳廓边，现在还和他一起保持沉默，仿佛我们决心久久地待在这里，一动不动。这时，周围的房屋随即加入了这场沉默，还有笼罩其上、骛人星空的黑暗，看不见的散步者的脚步声——我没有兴致去猜测他们在往哪儿走——。风总是往街对面刮，某间屋子里的留声机对着紧闭的窗户唱着，这一切是我从沉默中聆听到的，仿佛沉默是这些声响的永久财富。

我的陪伴者——一个微笑之后——以他的以及我的名义，默认了这一切，顺着墙向上伸出右臂，闭上双眼，将脸靠在右臂上。

我没有看到他的微笑完全消失，因为羞耻感使我突然背转身去。从这个微笑我才认识到，这是个骗子，仅此而已。我在这个城市里已待了好几个月，原以为一眼就能看穿这些骗子，他们像店主一样在夜里从侧街伸出手向我们迎来。我们站在广告柱旁，他们就围着柱子闲荡，像在玩着捉迷藏，从圆柱子后面探出头来，至少用一只眼窥伺着。他们逗留在十字路口，如果我们害怕了，他们就会冷不丁地出现在我们面前，出现在人行道边缘！我太了解他们了，他们就是我在小客栈认识的第一批城里人,我感谢他们让我头一次目睹了什么叫寸步不让,我现在很难想象世上怎么能没有这种寸步不让,以至于我觉得自己心里已开始有这种寸步不让了。即便你早已逃离他们,即便从你这儿早已没什么可攫取的,他们仍旧站在你面前!他们居然不坐下,居然不倒下,而是盯着你,即使离你很远,依然目光灼灼!他们的手段总是老一套:大摇大摆地挡在我们面前;试图阻拦我们去我们想要去的地方;代之以他们心仪的一所住宅,假若我们内心积聚的情感终于奋起反抗,他们就认为他们将被拥抱,一头扑过来。

而这次,我和他在一起这么久,才看出了这些老把戏。我把指尖对着指尖揉,试图抹去这桩耻辱。

我面前的这个人却还和先前一样靠在那儿,仍旧自认为是个骗子,对自己的命运颇为满意,露在外面的脸颊变红了。

"认出来了！"我说，还轻轻地拍了拍他的肩膀。然后，我匆匆走上台阶，上面门厅里的仆人脸上显出无端的忠诚，这像个意外的惊喜，我十分高兴。当仆人们为我脱大衣，替我擦拭靴子时，我把他们依次看了看。接着，我舒了口气，伸展了一下四肢，步入大厅。

杨劲 译

Franz Kafka
Das erzählerische Werk

Ein Landarzt

突然的散步

晚上，如果一个人晚饭后似乎已经打定了主意留在家里不出门了，他穿上家居便服，坐在灯光明亮的桌旁，找点儿什么睡前的活儿或消遣做做，如果外面天气很差，叫人根本兴不起出门的念头，如果他在桌旁已经静静地坐了那么久，以至于他的突然离去肯定会惹人侧目，如果楼道已经黑了，楼门也已经锁上，如果他现在毫不顾虑这一切，心中带着突然的不安站了起来，换下便服，很快穿戴整齐，声称自己得出去，随便说声再见就真的走了，并且明知随着关门的快慢家中肯定会有或多或少的怒气，如果这人到了巷子里重新精神大振，四肢因为这不期而至的自由而显得特别灵活，如果他感到在这一决定中聚集了所有的决定的能力，如果他饶有深意地看出，他具有的力量原来比他需要的更多，能够轻易而快速地改变事态，并且有能力承受这种改变,如果他就这样沿着巷子走下去,——那么,这一晚上,他就真的完全走出了家,家变得模糊不清,逐渐消失,而这个人自己则稳固坚实,轮廓分明,他拍拍大腿,起而找回了他自己的本来面目。

　　这一切还会更加有力量,如果这个人在这么晚的时候去找个朋友,看看他过得怎么样。

谢莹莹　译

# Franz Kafka
Das erzählerische Werk

Ein Landarzt

決心

从一种悲惨的状况中脱身,即便很想劳神费力,也是轻而易举的。我从椅子里站起身来,围着桌子转,活动着头颈,绷紧眼睛周围的肌肉,让眼睛炯炯有神。迎合每一份情感,甲如果现在要来,我就万分热情地欢迎他,乙要是在我的屋子里,我就和气地包涵他,和丙聊天时,不管有多痛苦和艰难,都将他所说的一切囫囵咽进肚子里。

然而,即便我做到了这些,任何一个无法避免的闪失都会使所有事情,容易做的和难做的,陷入僵局,我也就不得不恢复原状。

因此,最好的办法仍是忍受一切,显得很难对付,随波逐流,不要因受诱惑做出不必要的举动,而是直愣愣地注视别人,不要感到懊悔,简言之,将生活中残余的幽灵亲手压住,也就是说,增加最后的坟墓般的安宁,除此之外，什么也不让存留。

　　这种状态的一个典型动作就是用小手指掠过眉毛。

杨劲　译

Franz Kafka
Das erzählerische Werk

Ein Landarzt

山间远足

"我不知道,"我无声地喊道,"我不知道,如果没有人来,那就没有人来好了。我没有对谁做过坏事,没有谁对我做过坏事,但没有人愿意帮助我。全然没有人。可是,情形不是这样的。只是没有人帮助我,要不然,全然没有人倒是挺好的。我会很乐意 —— 为什么不呢 —— 和一群全然没有人一起去远足。自然是到山中去,要不然去哪儿? 看这些没有人是如何在人挤人的,看他们是如何臂挽着臂,看这许多脚,只由一些小步子分开着! 大家当然全穿着燕尾服。我们就这么无所事事地走着,风从我们和我们四肢之间的空隙吹过。喉咙在山中将得到自由!我们不唱歌,那可真怪。"

谢莹莹 译

Franz Kafka
Das erzählerische Werk

Ein Landarzt

单身汉的不幸

单身汉的生活看来很糟糕，如果想与众人共度夜晚，就要艰难地维持着尊严，请求众人接纳他；卧病在床时，一连几星期从床角瞧着空荡荡的屋子；总是在住房大门前与客人告别，从未与夫人并肩挤上楼梯，屋子里的侧门都是通向别家的；单手把晚饭拎回家；只能盯着别人的小孩看，还不可以一个劲儿地说"我没有孩子"；心里还记得年轻时见过的一两个单身汉，追随他们的打扮和举止。

就会是这样的，只不过，其实大家有朝一日也得独自生存，身心俱全，还有可以用手拍上去的额头。

杨劲 译

Franz Kafka
Das erzählerische Werk

Ein Landarzt

商人

或许有些人对我心怀怜悯，可我对此毫无觉察。我的小生意使我忧心忡忡，额头和太阳穴都隐隐作痛，前景也并无可喜之处，因为我做的是小买卖。

我必须为接下来的几小时提前做决定，给杂役提个醒，警告他别犯我所担心的错，必须每季度预测下一季度的流行趋势，并非我圈子里的人们会流行什么，而是我所看不见的乡下人那儿会时兴什么。

我的钱在陌生人手里；我摸不清他们的底细；对他们会遭遇的不幸，我一无所知；我如何能扭转这不幸呢！他们可能已变得穷奢极侈，在一家酒店的花园里大宴宾客，另一些人则正要逃往美国，只在这场宴会上逗留片刻。

工作完一天，傍晚关店铺时，我突然发现接下来的这几个钟头，店铺里需要忙的事一刻也不能停，我却什么也做不了，一大早就被赶得远远的激动在我心中翻腾起来，仿佛回落的潮水，却并不滞留在我内心，而是漫无目的地将我卷走。

这样激动一场根本就无济于事，我只能回家，因为我的脸和手都脏兮兮、汗津津的，衣服上污渍斑斑，满是灰尘，工作帽还戴在头上，靴子已被木箱上的钉子划破。我仿佛走在波浪上，把手指扳得咯吱吱地响，摸摸迎面而来的孩子们的头发。

但是路太短。我不一会儿就到了家，打开电梯门，走了进去。

这时我意识到，我突然独自待着。别的人得爬楼梯，爬得有些累，得气喘吁吁地等着，直到有人来打开住所的门，这一等，就有理由生气和不耐烦了，然后他们走进穿堂，挂上帽子，直到穿过两侧有几扇玻璃门的过道，走进自己的房间，才成了独自待着的。

而我一进电梯就已是独自一人，我手抵膝盖，往狭窄的镜子里看。电梯开始上升时，我说：

"你们停下！往后退！你们想去树阴下、窗帘后、拱顶凉亭里吗？"

我咬牙切齿地说着，楼梯栏杆贴着毛玻璃直往下滑，仿佛倾泻的水。

"飞走吧；你们的翅膀我从未见过，但愿它们把你们带往乡间山谷或巴黎，假使你们想去的话。

"好好看看窗外吧，从三条街上拥过来的游行队伍互不相让，乱成一团，队伍最后几排之间重又出现了空地。你们挥手帕吧，惊讶吧，感动吧，赞美驱车而过的漂亮女士吧。

"走在木桥上，跨过小溪吧，朝溪中洗澡的孩子们点头吧，为成千名水手在远方战舰上发出的欢呼而惊讶吧。

"去跟踪不显眼的男人吧，如果你们把他推进了大门通道，就动手抢他吧，然后你们个个把手插在衣兜里,目送他忧伤地走进左边的小街。

"警察四处散开,纵马疾驰,这时勒住了马,把你们赶回去。随他们去吧,我知道,这些空荡荡的巷子会让他们难受的。天哪,他们已经成双成对地骑马离去,慢慢地转过街角,飞驰过广场。"

接着,我就得走出电梯,让它降下去,按响门铃,女仆打开门,我向她问好。

杨劲 译

Franz Kafka
Das erzählerische Werk

Ein Landarzt

凭窗闲眺

在这些匆匆来到的春日里,我们做什么呢?今天清早,天灰蒙蒙的,但是,现在走到窗前,就会大吃一惊,把脸颊贴在窗户的把手上。

窗户下面,显然已在下沉的太阳的光辉照在纯真的女孩脸上,她一边走,一边左顾右盼;还看见后面的男人的影子,他从她身后匆匆走来。

接着,男人走了过去,女孩脸上无比明亮。

杨劲 译

Franz Kafka
Das erzählerische Werk

Ein Landarzt

回家的路

看看雷雨之后空气的震撼力吧！我的功绩历历在目，令我心折，尽管我没有抵触心理。

我迈步向前，我的速度是小街这一侧的速度，这条小街的速度，这片街区的速度。我有权治理所有敲门，对桌面的捶击，一切祝酒词，还有对对情人，不管他们是在床上，新建筑物的脚手架上，紧贴着黑暗巷子里的房墙，或是在妓院的长沙发上。

我拿我的过去掂量我的未来，却发现两者都很出色，难分轩轾，我所不得不抱怨的，只是十分惠顾于我的天意不公正。

只有当我走进自己的房间时，才有些心事重重，而我刚才上楼梯时，并没觉得有什么可寻思的。即便我把窗户全打开，听到某个花园里还在演奏音乐，也无济于事。

杨劲 译

Franz Kafka
Das erzählerische Werk

Ein Landarzt

擦肩而过的人

深夜里，散步穿过一条小街时，老远就看见——因为我们面前是上坡，而且满月当空——一个男人迎面跑来，我们不会抓住他，即便他十分虚弱、衣衫褴褛，即便他身后有人喊叫着追来，我们也让他跑过身旁。

因为这是深夜，我们有什么办法，月光下的小街在我们面前是上坡，而且，这两个人可能是在追着玩，可能是在跟踪另一个人，也许第一个人是无辜的，被跟踪了，也许第二个人想杀人，那我们就成了帮凶，也许他俩互不相识，只是各自跑向自己的床，也许他们是梦游者，也许第一个人带着武器。

说到底，我们难道就不可以犯困吗？我们不是喝了很多葡萄酒吗？第二个人也跑得没了踪影，我们感到欣慰。

杨劲 译

Franz Kafka
Das erzählerische Werk

Ein Landarzt

男乘客

我站在电车尾部的踏脚台上,对我在这个世界、这个城市、我的家庭里的地位没有一点把握。我也无法随口说出自己在哪方面可以有权提出要求。我根本无法解释,我为什么站在这个踏脚台上,抓着这个拉环,让这辆电车把我载走,我也无法辩护,为什么人们为电车让道或默默走着,或伫立在橱窗前。——没有人要求我这样做,可这无关紧要。

电车快到站了,一个女孩站到了踏板旁,准备下车。她无比清晰地呈现在我眼前,仿佛我已触摸到了她。她一身着黑,裙褶几乎纹丝不动,衬衣很短小,领子镶着白色细网眼的花边,她把左手平靠在车壁上,右手的雨伞搁在第二级踏板上。她的脸呈棕色,她的鼻翼微扁,肥肥的鼻尖圆鼓鼓的。她有着一头浓密的棕发,右鬓角上的茸毛都被吹散开了。她的小耳朵紧贴着脸,由于站得很近,我看见了她右耳廓的整个背面以及耳根的阴影。

我当时问自己:她怎么会不为自己感到惊奇呢?她怎么会紧闭双唇,一句这样的话都不说呢?

杨劲 译

Franz Kafka
Das erzählerische Werk

Ein Landarzt

衣服

当我看见满是皱褶、花边和流苏的衣服套在美丽的身体上，十分漂亮，我就常想，这些衣服好看不了多久，然后就会起皱，再也熨不平，就会沾上灰尘，灰尘厚厚地积在褶子里，再也除不去，我想，每天把同一件珍贵的衣服清早穿上，晚上脱掉，谁也不愿使自己显得这样悲哀可笑。

但我看见一些女孩，她们长得相当漂亮，显露出风情万种的肌肉和骨节、富于弹性的皮肤和如云的秀发，她们日复一日，总是穿着这套天生的面具服，总是把同一张脸放进同一双手掌中，在镜子里映照同一张面孔。

只是偶尔在晚上，当她们从宴会很晚归来时，镜子里的脸看上去憔悴、浮肿，布满灰尘，已被所有人看见，这套面具服就很难再穿了。

杨劲 译

Franz Kafka
Das erzählerische Werk

Ein Landarzt

拒绝

当我遇见一位漂亮女孩，求她"行行好，跟我走吧"，她却一言不发地走过去时，她的意思是：

"你并非名闻遐迩的公爵，并非宽肩阔背的美国人，他们有着印第安人的身材，平视的双眼，皮肤散发着草地和穿过草地的河流的气息，你从未去过大洋，我不知道它们在什么地方。请问，我，一个漂亮的女孩，为什么应该跟你走呢？"

"你忘了，没有轿车载着你晃悠悠地穿过这条小街；没有西装革履的男士们追随在你身后，围成一个半圆，喃喃低语着对你的祝福；你的酥胸箍在紧身胸衣里，规规矩矩，可你的大腿和臀部补偿了这种矜持；你穿着打细褶的塔夫绸连衣裙，这种裙子去年秋天大受青睐，你有时还微笑——这是身体的致命危险。"

"是的，我俩都说得对，好吧，为了免得明确意识到这一点，我们还是各回各的家吧。"

杨劲 译

Franz Kafka
Das erzählerische Werk

Ein Landarzt

为骑手先生所想

骑手如果寻思一下，就不会为任何诱惑所动而希望在一场赛马中夺魁。

在鼓乐齐鸣中获得"全国最佳骑手"的桂冠，骑手为这份荣誉乐陶陶，第二天早上则后悔不迭。

对手奸诈而且颇有影响，他们的妒忌对我们来说一定如芒刺在背，我们正骑马穿过狭窄的夹道欢迎的行列，骑向那块平地，平地随即展现在我们面前，空荡荡的，只有几位败下阵来的骑手，他们身影渺小地骑向遥远的无际。

我们的许多朋友忙着去取赢钱，只是从远远的各领钱窗口扭过头来向我们欢呼；最好的朋友却根本没把赌压在我们的马上，因为他们担心我们如果输了，他们准保会对我们发火，而现在，我们的马夺了魁，他们却什么好处也没得到，因此，当我们骑马经过时，他们便会转过脸，宁愿沿着看台望过去。

　　落在后面的竞争者稳稳地坐在马鞍里，试图将他们所遭受的不幸以及降临到他们头上的不公平尽收眼底；他们看起来很精神，似乎一场新的赛马即将开始，而且是这场儿戏之后的一场正规比赛。

　　很多女士觉得胜利者很可笑，因为他自鸣得意，却不知如何应付无休止的握手、敬礼、鞠躬和飞吻，失败者则紧闭双唇，漫不经心地拍拍嘶鸣着的马的脖子。

　　终于，早已阴沉沉的天空落起了雨点。

杨劲　译

Franz Kafka
Das erzählerische Werk

Ein Landarzt

临街的窗户

孤独生活着而又想跟外界有点接触的人，因着昼夜、气候、工作环境等等的变化而很想看见任何一个他可以依靠其手臂的人，——这样的人没有一扇对着巷子的窗户是不行的。即使他并不想寻找什么，只不过疲惫地靠在窗台上，目光随便在天上和地上的行人之间游移着，即使他不想怎么样而把头转了回去，他仍然会随着底下马车的喧闹声被拉入人类整体之中。

谢莹莹 译

Franz Kafka
Das erzählerische Werk

Ein Landarzt

盼望成为印第安人

假若真是印第安人了,马上准备好,骑上飞奔的骏马,在空中斜着身子,不断为马蹄下颤抖的地面而战栗片刻,直至放弃马刺,因为没有马刺,直至扔掉缰绳,因为没有缰绳,刚一看出眼前是一片割得很平整的原野,马已身首异处。

杨劲 译

Franz Kafka
Das erzählerische Werk

Ein Landarzt

树

因为我们仿佛雪中的树干。一眼看去,树干横卧在光滑的雪上,稍一用力就能推动。不,推不动,因为它们已与大地牢牢相连。可是你瞧,甚至这也只是看上去而已。

杨劲 译

Franz Kafka
Das erzählerische Werk

Ein Landarzt

不幸状态

当一切已变得难以忍受——在十一月的一个黄昏——，我在我房间狭窄的地毯上一个劲儿地跑着，像在赛马场的跑道上一样，看见亮起灯的小街，吓了一跳，又转过身来，以房间的深处、镜子的底部为新目标，放声大叫，只是为了听到这声喊叫，周围没有任何回应，没有任何事物削弱这声喊叫的力量，于是，这喊叫直往上升，没有遇到任何阻力，即便不再喊叫，仍余音不断，这时，墙上敞开了一扇门，如此急促，因为必须急促，就连下面石板路上拉车的马也像受惊的战马一样，引颈奋起。

一个孩子，小幽灵，从尚未点灯的漆黑走廊里钻出来，踮着脚站在轻微摇晃的地板棱上。房间里朦胧的光亮顿时使他目眩，他想赶快用手捂住脸，却平静了下来，因为他不经意地向窗户一瞥，看见十字窗棂前，街灯袅袅上升的雾气最终隐没在黑暗中。他用右肘抵着房间的墙,笔直地站在敞开的门前,任外面吹进来的穿堂风摩挲着脚脖子、项颈和太阳穴。

我瞟了他一眼,说了声"你好",从炉前挡板上取下外套,因为我不想半光着上身站在那儿。我把嘴张了一会儿,以便内心的激动从口而出。嘴里的唾沫很不舒服,脸上的眼睫毛颤动着,总之,我所缺少的恰恰是这个在我期待之中的拜访。

孩子仍旧靠墙站在原地,将右手按在墙上,脸颊通红,津津有味地看着雪白的粗质墙壁,在上面磨着指尖。我说:"您真的是要找我? 您没有弄错? 在这所大房子里太容易找错人了。我叫某某,住在四层。我就是您想找的人吗?"

"安静,安静!"孩子回过头说,"全都没错。"

"那您就进屋来吧,我想关上门。"

"我刚刚已经关上了门。您别费心了。您就

放心吧。"

"说不上费心。只是这层楼上住着很多人,他们当然都认识我;现在他们大多正下班回家;如果他们听到有人在房间里说话,就认为完全有权打开门看个究竟。向来如此。这些人干完了一天的活;在这短暂的黄昏闲暇里,他们才不理会别人呢!而且,您也知道这一点。您让我关上门吧。"

"喂,到底怎么啦?您是什么意思?对我来说,全楼的人进来也没关系。我再说一遍:我已经关上了门,难道您以为只有您能关门吗?我还用钥匙锁上了呢。"

"那好。这就行了。您根本不必用钥匙锁上。您既然来了,就别客气。您是我的客人。请您完全信赖我。千万别拘束,用不着害怕,我既不会强迫您待在这儿,也不会把您赶走。非得我说出这话不可吗?难道您这么不了解我?"

"不。您确实不必说这话。您甚至根本不该

说这话。我是个孩子；干吗跟我这么客气？"

"没那么严重。当然了，一个孩子。不过您并不是那么小，您已经完全是个大人了。您如果是个女孩儿，就不会这样和我锁在一间屋子里了。"

"我们不必为此担心。我的意思只是：我很了解您，可我并不能以此来保护自己，这只是免得您对我撒谎，然而您恭维我，别这样，我求您别这样。而且，我又不是随时随地都了解您，在这昏暗之中就更难了解您了，您要是把灯打开，可能就好多了。不，最好不要开灯。反正我会记住的，您已经威胁我了。"

"什么？我威胁您了？可别说这话。我真高兴您终于来了，我说'终于'，因为天色已晚。我不明白您为什么这么晚才来。我一时高兴，胡言乱语，您可能偏偏这样理解我的话了。我承认十遍，我说过那些话，是的，我威胁了您，您想怎么说就怎么说吧。——只要别吵架就行，天哪！——但您怎么能这样认为呢？您怎么能这样伤我的心呢？您为什么非要将我们的短暂相处弄糟呢？一个陌生人恐怕也比您友好些。"

"这我相信；这并非什么高见。陌生人可能跟您很亲近，可我天生对您就是这么亲近。这您也知道，何必还要伤心？您要是说您想演一出闹剧，那我马上就走。"

"是吗？您连这话也敢对我说？您未免太放肆了。您毕竟还在我的房间里，您发疯一样地在我的墙上磨着您的手指。我的房间，我的墙！您的话不仅放肆，而且可笑。您说，您的天性使您不得不以这种方式和我说话。真的吗？您的天性使您不得不如此吗？您的天性可真不错。您的天性就是我的天性，既然我出于天性对您很友好，您也就不可以用另一种态度对我。"

"这叫友好吗？"

"我说的是以前。"

"您知道我以后会是什么样子吗？"

"我一无所知。"

我走向床头柜,点燃了柜子上的蜡烛。我的房间里当时没有汽灯,也没有电灯。然后我在床头柜旁坐了一会儿,直到坐烦了,就穿上大衣,从长沙发上拿起帽子,吹灭了蜡烛。往门口走时,我被沙发腿绊了一下。

我在楼梯上碰见了住在同一层的一个房客。

"您又要出去,您这家伙?"他问道,双腿叉开,站在两级楼梯上。

"我该做什么呢?"我说,"我的房间里有个幽灵。"

"您说起这就像在汤里发现了一根头发。"

"您在开玩笑。不过您记住,幽灵就是幽灵。"

"很对。但是,如果我根本不信幽灵呢?"

"喂,难道您以为我相信幽灵吗?不相信又有什么用?"

"很简单,如果幽灵真的来您这儿了,那您

就不必害怕。"

"是的,可这是次要的恐惧。真正的恐惧是对幽灵出现的缘由感到害怕。而且这种恐惧不会消失。现在我心里正充满了这种恐惧。"由于紧张不安,我开始翻所有的衣兜。

"您既然对幽灵本身并不害怕,当然可以向它询问缘由嘛!"

"您显然还从未跟幽灵说过话。从它们那儿,我们永远无法获得明确的答复。这是在兜圈子。幽灵似乎比我们更怀疑它们自己的存在,就它们的虚弱而言,这也不足为奇。"

"可我听说可以喂养它们。"

"您真是消息灵通。确实可以这样。但谁会这样做呢?"

"为什么不呢?比如说,假如这是个女幽灵。"他一边说,一边跨在了上面那级楼梯上。

"原来如此,"我说,"即使这样也不值得。"

我想了想。这位熟人已经爬得很高了,得

从楼梯的拱顶下探出身子才能看见我。"尽管如此,"我喊道,"如果您带走我楼上的幽灵,那我俩的交情就算完了,永远完了。"

"我只是开个玩笑而已。"他说,把头缩了回去。

"那就好。"我说道。其实可以放心地去散步了,可我感到十分孤单,宁愿上楼去睡觉。

杨劲 译

Franz Kafka
Das erzählerische Werk

Ein Landarzt

判決

献给费莉策·B.小姐的一个故事

春光最明媚的时节，一个星期天的上午。格奥尔格·本德曼，一位年轻的商人，坐在他自己二层的房间里，这所房子是沿河一长串构造简易的低矮房屋之一，这些房屋只是在高度与颜色上有所区别。他刚写完了一封信，寄给一位在国外的少年时代的朋友，他悠然自得地封上信，然后将双肘支在书桌上，凝视着窗外的河水、桥和对岸绿色初绽的小山坡。

他寻思着，这位朋友对自己在家乡的发展十分不满，几年前就真的逃往了俄国。他现在在彼得堡经营着一家店铺，店铺生意刚开始时挺红火，但很长一段时间以来似乎毫无进展，他返乡的次数越来越少了，每次见面时都要诉一番苦。他就这样在异国他乡徒劳地苦撑硬拼，外国式的络腮胡子也难以遮掩他那张本德曼自小就很熟稔的脸,他的脸色发黄,像是得了什么病,而且病情还在发展。据他说,他与当地的本国侨民没有真正的联系,与俄国家庭也没什么社交往来,已安下心来一辈子过单身生活了。

　　给这样一个人写信,该说什么呢,他显然已误入歧途,本德曼只能为他惋惜,却爱莫能助。或许应当劝他重返家乡,在这儿谋营生,重新拾起所有的老交情——这不会有任何障碍——并信赖朋友们的帮助?可这无非是对他说,他迄今为止的尝试都失败了,他终于应当放弃这些努力,他不得不回到家乡,让大家瞪大眼睛瞧他这个迷途知返的人,只有他的朋友们理解他一些;无非是对他说,他是个老天真,现在该追随这些在家乡干得很成功的朋友们了。这话说得越委婉,就越会伤害他,说出来必定会使他痛苦,但能保证这样做有任何意义吗?可能连说服他回来都做不到——他自己都说,他已经不理解家乡的情形了——,这样,他无论如何都会留在异国他乡,这些规劝会伤他的心,他与朋友们就又疏远了一层。而他若是真的听从了劝告,在这儿却——当然不是大家有意为之,而是现实造成的——会感到沮丧,与朋友相处不得其所,没有朋友也不行,总觉得丢脸,这才真的再也没有了家乡,没有了朋友;与其如此,他就这样继续待在异国他乡,不是还好得多吗?鉴于这种情形,难道还能认为他在这儿真会东山再起?

由于这些原因,如果还想保持通信,就不能真正告诉他什么消息,即便这些消息讲给交情最浅的人也无妨。这位朋友已经三年多没回国了,说是因为俄国的政局不稳,这个解释很牵强,政局再不稳定,也不会不容许一个小商人的短期出境吧,而与此同时,成千上万的俄国人还在世界各地游逛呢。就在这三年中,格奥尔格的生活发生了许多变化。格奥尔格的母亲大约两年前去世,从那时起,格奥尔格就同他的老父亲一起过,这位朋友后来获悉伯母的过世,在一封信中干巴巴地表示了哀悼,他的语气那么干巴,原因只可能是,为这种事而悲痛在异国他乡是不可思议的。从那时起,格奥尔格更果决地处理各方面的事,在生意上也是如此。或许母亲在世时,父亲在生意上独断专行,一直阻碍儿子真正有所作为。或许母亲去世后,父亲虽然仍在店铺里工作,却有所收敛,或许——甚至很可能就是这样——最重要的原因是碰上了好运气,不管怎样,他的生意这两年有了长足的发展。人员扩充了一倍,营业额翻了五番,今后无疑还会更兴旺。

这位朋友却并不知晓这些变化。以前,最后一次可能是在那封哀悼信里,他还试图劝说格奥尔格移居俄国,并向他描绘,如果格奥尔格在彼得堡开一家分店,前景将会如何。他所设想的数目与格奥尔格的商行现在所具的规模相比，简直微不足道。然而，格奥尔格一直没想写信告诉这位朋友自己在生意上的成功，而现在，已经过了这么久才提这事，真会显得奇怪了。

因此，格奥尔格给这位朋友写信时，就只讲些无关紧要的事，就像在一个安宁的星期天独自遐想时，回忆中纷乱涌现的琐事。他只是不想破坏这位朋友在这么长一段时间里对家乡已经形成并乐于接受的看法。于是，格奥尔格在三封相隔时间很长的信中，都向朋友报告了一个无关紧要的男人与一个同样无关紧要的女人订婚的事，结果完全与格奥尔格的初衷相悖，这位朋友开始对这件怪事产生了兴趣。

格奥尔格却宁可给他写这种事，也不愿坦白，他自己一个月前与一位富家之女弗丽达·勃兰顿菲尔德小姐订婚了。他经常向未婚妻说起这位朋友以及与他通信的特别情形。"那他绝对不会来参加我们的婚礼了，"她说，"可我有权利认识你的所有朋友。""我不想打搅他，"格奥尔格回答道，"你别误会，他多半会来的，至少我相信这一点，但他会觉得很勉强，受伤害，他可能会羡慕我，肯定就会不满，却又无法消除这种不满，就这样孤零零地踏上归程。孤零零地——你知道这是什么感觉吗？""知道，难道他不会通过其他途径，获悉我们结婚的消息？""这我当然阻止不了，不过，就他的生活方式而言不大可能。""你有这样的朋友，格奥尔格，那你原本就不该订婚。""是呀，这是我俩的错；但我现在也还会这样做的。"她在他的亲吻中急促地喘着气，还是说道："这其实伤了我的心。"他一听这话，就确实认为写信把一切都告诉朋友，倒也干脆明了。"我就是这样，他爱怎么看随他的便，"他寻思着，"我总不能为了这份友谊，为了可能更合他的心意，削足适履。"

这个星期天的上午，他在这封长信里的确

告诉了这位朋友已经发生的订婚之事:"最好的消息留在最后头。我与一位弗丽达·勃兰顿菲尔德小姐订婚了,她出身富家,你走了很久以后,她家才搬到这儿来,所以你肯定不认识她。关于我的未婚妻,我日后还会有机会讲得更详细些,而今天,告诉你我很幸福就够了,这对于我俩的关系,惟一的改变就在于,我现在不再是你的一位普通朋友,而是一位幸福的朋友。另外,我的未婚妻向你致以诚挚的问候,她不久就会亲自给你写信,她会成为你的一位真诚的女友,对于一个单身汉来说,这不会是无所谓的吧。我知道,你百事缠身,难以成行。那么,借我的婚礼之机,你能把所有阻碍一股脑儿地抛开吗? 不管怎样,别有任何顾虑,按你的心愿做。"

格奥尔格手拿这封信,久久地坐在书桌旁,面向窗户。一位过路的熟人从街上跟他打招呼,他也只是心不在焉地微微一笑。

他终于把信放进衣兜，走出房间，横穿过一段短短的过道，来到父亲的房间，他已经好几个月没来这儿了。平时没有必要过来，因为他与父亲在商行里抬头不见低头见。他们在同一家餐馆里吃午饭，晚饭自便，各吃各的；晚饭后，他们还在共用的起居室里坐一会儿，常常是各拿一张报纸，如果格奥尔格不是——最常出现的情况是——和朋友们在一起，或者最近一段时间去看他的未婚妻。

格奥尔格吃了一惊，在这个阳光灿烂的早晨，父亲房间里竟如此昏暗。大片的阴影是狭窄庭院对面的一堵高墙投下的。父亲坐在靠窗的一个角落里，那儿摆着格奥尔格亡母的纪念物，他正在看报，将报纸举到一侧，以弥补某种视力缺陷。吃剩的早餐还摆在桌上，看上去没吃多少。

"啊，格奥尔格！"父亲说道，朝他走来。他走路时，沉重的睡衣敞开了，睡衣下摆在身体四周飘动着。——"我的父亲仍然是个巨人。"格奥尔格想着。

"这儿太暗了。"他说道。

"是的,是很暗。"父亲回答道。

"你把窗户也关上了?"

"我情愿关上。"

"外面真暖和呢。"格奥尔格说,像是继续刚才的话题,他坐了下来。

父亲收拾起早餐的杯盘,把它们搁到一个柜子上。

"我其实只是想跟你说,"格奥尔格继续说道,心绪茫然地注视着老人的一举一动,"我还是往彼得堡写信讲了我订婚的事。"他将信稍稍抽出衣兜,又放了回去。

"往彼得堡?"父亲问道。

"就是写给我的那位朋友。"格奥尔格说道,搜寻着父亲的眼睛。——"他在店铺里完全是另一副样子,"他想着,"瞧他现在舒舒服服地坐在这儿,双臂交叉在胸前。"

"对。你的朋友。"父亲加重了语气。

"你知道的,父亲,我起先并不想告诉他我订婚的事。这完全是为他着想,没有任何别的原因。你也知道,他是个很难相处的人。我寻思着,他可能会从旁人那儿得知我订婚了——这我可阻止不了——,即便就他孤独的生活方式而言,这几乎不可能,反正他至少不该从我这儿知道这事。"

"那你现在又改变主意了?"父亲问道,将大报纸搁到窗台上,把眼镜放在报纸上,一只手捂着眼镜。

"是的,我又考虑过了。他既然是我的好朋友,我想,我的幸福的订婚对他来说也是一件喜事。因此,我毫不犹豫地对他和盘托出了。不过,发信之前我想跟你说一声。"

"格奥尔格。"父亲咧开掉光了牙的嘴说,"你听着!你为这事到我这儿来,想和我商量一下。这一定让你觉得自己很光彩。但你现在如果不把实情通通说出来，就全等于零，而且比这更气人。我不想提与此无关的事。自从你亲爱的母亲去世后，发生了一些不大体面的事。可能会有时间说这些事的，可能比我们预想的要早。生意上的一些事我不知道了，也许并没有瞒着我什么——我现在根本不想认为对我有所隐瞒——，我精力不济，记性也不行了。我无法再眼观八方了。这首先是年岁不饶人，其次，你母亲的过世给我的打击远比给你的大。——不过，既然我们正好说到这事儿，说到这封信，格奥尔格，你可别骗我。这是件小事儿，不足挂齿的小事儿，你就别骗我了。你在彼得堡真有这样一位朋友吗？"

格奥尔格尴尬地站起身来。"我们别提我的朋友们了。一千个朋友也代替不了我的父亲。你知道我的想法吗？你不够保重自己。年岁可不饶人。我在生意上不能没有你，这你也十分清楚；可是，如果生意会损害你的健康，那我明天就永远关闭商行。这样可不行。我们必须为你安排另外一种生活方式。一种截然不同的生活方式。你坐在这阴暗的地方，而客厅里阳光充足。你早饭只抿一小口，不好好保养身体。你坐在紧闭的窗边，新鲜空气会对你大有好处的。不，父亲！我要请医生来，我们要遵照医嘱行事。我们要换房间，你搬到前屋去，我到这儿来。你不会觉得不习惯，屋里的东西都会搬过去的。但这需要时间，现在你到床上躺一会儿，你需要休息。来吧，我帮你脱衣服，你会看到，我能做得很好。或者，如果你愿意现在就去前屋，就先躺在我的床上。这也不失为明智之举。"

格奥尔格紧挨着父亲站着，父亲白发蓬乱的头低垂在胸前。

"格奥尔格，"父亲低声说道，身子纹丝不动。

格奥尔格立即跪在父亲身边，他看见父亲

疲惫的脸上，眼珠子瞪得特别大，正从眼角盯着自己。

"你在彼得堡没有朋友。你一直就爱开玩笑，连我也想捉弄。你怎么会偏偏在那儿有个朋友呢？我压根儿就不信。"

"你再想想，父亲，"格奥尔格说道，将父亲从沙发上扶起，父亲十分虚弱地站在那儿，他就替父亲脱掉了睡衣，"从我的朋友上次来拜访我们到现在，已经将近三年了。我还记得，你不是特别喜欢他。至少有两次，他正在我的房间里坐着，我却对你矢口否认。你不喜欢他，这我完全能理解，我的朋友很怪僻。可是后来，你却又和他聊得很投机了。你听他说话，不时地点点头，提一些问题，我当时还引以为豪呢。你要是想想，一定记得起来。他当时讲着俄国革命的耸人听闻的故事。比如，有一次他出差到基辅，正逢暴乱，他看见一个牧师站在阳台上，正用刀往自己手心里画出一个粗粗的血十字,然后举起这只手,向群众高声喊着。你自己有几次还讲起这故事呢。"

格奥尔格一边说着话,一边让父亲重新坐下,小心翼翼地帮他脱下亚麻内裤外面的紧身裤,还有袜子。他看见父亲的衣服不很干净,不禁责备自己疏忽了对父亲的照顾。提醒父亲换衣服当然也应当是他的义务。他还没有同未婚妻明说过,将来如何安排父亲,但他们已经达成了默契,认为父亲理所当然应当继续住在这老房子里。而此刻,他匆匆下定决心,要把父亲接进他的新家去。他的心情之急迫,就像是到那时再照顾父亲,可能为时已晚。

他把父亲抱到床上。就在迈向床的这几步中,他突然发现父亲在摸他胸前的表链,不禁大为惊骇。他一时无法将父亲放到床上,因为他紧紧地抓着表链。

父亲刚一上床,一切却仿佛又恢复了正常。他自己盖上被子,还特意把被子远远地拉过肩膀。他望着格奥尔格，目光没什么不友好。

"对吧，你已经想起他了吧？"格奥尔格问道，鼓励地朝他点点头。

"我现在盖好了吗？"父亲问道，似乎他自己看不见，不知道双脚是否盖好了。

"你躺在床上就舒服了。"格奥尔格一边说，一边将被子盖得更好些。

"我盖好了吗？"父亲又问了一遍，像是特别留心回答。

"放心吧，你已经盖好了。"

"没有！"儿子的话音未落，父亲就叫道，他猛地扔开被子，被子在空中完全平展开了，他笔直地站在床上，只用单手轻轻扶着天花板。"我知道，你想把我盖上，我的小孬种，可我还没被盖上呢。要对付你，我的最后一点力气就够了，而且绰绰有余！我当然认识你的朋友。他倒可能是很合我心意的儿子。正因为这样，多年来你一直在骗他。除此以外还能有什么原因？

你以为我没有为他哭过？因此，你把自己锁在办公室里，经理有事，不得打扰——就为了往俄国写假话连篇的信。幸亏用不着人教，老子就能看穿小子。你以为你把他打败了，他败得一塌糊涂，你就是一屁股坐在他身上，他也动弹不得，于是我的儿子先生就决定结婚了！"

格奥尔格抬头瞧着父亲这副可怕的样子。父亲突然如此了解彼得堡的朋友，这位朋友还从未像现在这样，猛然间闯进了他心里。他看见这位朋友迷失在辽阔的俄国，看见他站在被洗劫一空的店铺门边。他正置身于货架的废墟、七零八碎的货物、倒塌的煤气管中。他干吗非得跑那么远呢！

"看着我！"父亲喊道，格奥尔格很想弄明白，神思恍惚地奔向床，跑了一半却站住了。

"因为她撩起了裙子，"父亲换了嗲声嗲气的腔调，"因为她这样撩起了裙子，那个讨厌的蠢丫头，"他为了做给儿子看，高高地撩起衬衣，露出了大腿上战争年代留下的伤疤,"因为她这样这样这样撩起了裙子,你就上了,为了随心所欲地在她身上获得满足,你玷污了对母亲的怀念,背叛了这个朋友,把父亲塞到床上,使他动弹不了。但他究竟能不能动呢?"

他放下扶着天花板的手,站在那儿晃着腿,怡然自得。他为自己明察秋毫而喜形于色。

格奥尔格站在一个角落里,尽量离父亲远些。好一会儿之前,他曾下定决心仔仔细细地观察一切,以免从背后或头顶迂回曲折地遭到袭击。这时他又想起了这个早已忘却的决心,随即又忘了,就像用一根短线穿针眼。

"但是,你的朋友没有被蒙蔽!"父亲一边喊,一边晃着食指表示强调,"我是他在这儿的代理人。"

"滑稽演员!"格奥尔格憋不住,一下子喊出了口,马上意识到惹祸了,赶紧咬住舌头,却已太迟,他两眼发直,直咬到舌头疼痛难忍。

"对，我当然是在演滑稽戏！滑稽戏！说得好！除了这，鳏居的老父还有什么慰藉？你说——你活着就是要回答这个问题——，我在这后屋里，受背信弃义的仆人的迫害，老得骨头都快散架了，还能做什么？我的儿子春风得意招摇过市，做成了我打好基础的一笔笔生意，高兴得直打滚，在父亲面前俨然一位三缄其口的正人君子，然后就溜了！你以为我没有爱过你这个亲生儿子吗？"

"他马上就要往前倾了，"格奥尔格想道，"让他倒下，摔得稀烂！"这个念头闪过他的脑海。

父亲的身体往前倾，但他没有倒下。由于格奥尔格没有像他期望的那样，走上前来，他又站直了。

"就待在你那儿，我不需要你！你以为，走过来的力气你还有，只是因为不想过来就没动。你可别搞错了！我始终还是比你强壮得多。我如果孤身一人，可能不得不让步，然而，你母亲把她的力量给了我，我与你的朋友已建立了友好联系，你的顾客名单现在就在我兜里！"

"他连衬衣上都有兜！"格奥尔格自言自语，以为凭这句话就能使父亲无颜见人。他只是在一刹那间想到了这一点，因为他不断地忘却一切。

"你只管挽着你的未婚妻，走到我面前来吧！我把她从你身边赶走，你还不知道是怎么回事呢！"

格奥尔格做个鬼脸，似乎不信这话。父亲只是朝格奥尔格所在的角落点点头，表示他的话千真万确。

"你今天让我多开心，你跑来问我，是否应当把你订婚的事写信告诉这位朋友。他全都知道，你这傻小子，他全都知道！我给他写信了，因为你忘了拿走我的文具。所以，他已经好几年没回来了，他全都了如指掌，比你还清楚一千倍呢。你的信他读都不读就用左手揉成一团,右手却拿着我的信在读!"

他兴奋地在头上晃着胳膊。"他全都了如指掌,比你还清楚一千倍!"他喊道。

"一万倍!"格奥尔格说这话,原本想讥笑父亲,可是这话一出他口,听起来就严肃得吓人。

"我已经留意了好几年,等着你来问这个问题! 你以为我还关心别的事吗? 你以为我在看报纸? 你瞧!"他扔给格奥尔格一张报纸,不知他怎么把这报纸带上了床。这是张旧报纸,报纸的名称格奥尔格已经不认识了。

"你犹豫了多长时间啊,直到你终于拿定了主意! 这期间母亲去世了,无法经历这喜庆日,你的朋友在俄国走投无路,三年前就面黄肌瘦不中用了,而我,就像你现在看到的,成了什么样子。你睁眼看看!"

"原来你一直在伺机攻击我!"格奥尔格

叫道。

父亲同情地随口说:"这话你恐怕早就想说了。现在说这话,可就太不合适了。"

他的嗓门大了些:"现在你明白了,世上不光只有你,直到现在,你只知道你自己! 你原本是个无辜的孩子,其实却更是个魔鬼!——所以你听着:我现在就判你溺死!"

格奥尔格觉得自己被赶出了房间,父亲在他身后扑倒在床上发出的巨响,仍在他耳边回荡。他急匆匆地下楼,仿佛滑过一块倾斜的地面,一头撞上了女仆,女仆正要上楼清扫房间。"耶稣!"她叫道,用围裙遮住脸,可他已跑得没了踪影。他跳出大门,穿过车行道,奔向河水。他已经抓牢了栏杆,就像一个饥饿的人牢牢地抓着食物。他飞身撑在栏杆上,优秀体操运动员的动作,少年时,他曾以此令父母骄傲。他的手有些撑不住了,可他仍紧握栏杆,透过栏杆间的空隙,看准了一辆公共汽车,汽车的噪音将很容易掩盖他的落水声,他轻声说道:"亲爱的双亲,我一直都是爱你们的。"松开手落了下去。

这时,桥上的车辆正川流不息。

杨劲 译

Franz Kafka
Das erzählerische Werk

Ein Landarzt

在流放地

"这是一台独特的机器。"军官用欣赏的眼光瞧着这台他再熟悉不过的机器,对旅行考察者说道。旅行者似乎完全是出于礼貌才接受了指挥官的邀请,来观看对一个士兵的处决,这个士兵是因为不服从和侮辱上司而被判决的。对这次处决,就连流放地的人们也没有多大兴趣。至少在这又深又小、秃山环抱的沙地山谷里,除了军官和旅行者,就只有蓬头垢面、大嘴巴的被判决者和一个士兵,士兵手里拿着一根沉重的铁链,上面套着紧紧缚在被判决者的手腕、脚踝和脖子上的小链子,这些小链子之间都有链条相互连接起来。被判决者看上去像狗一样顺从,似乎尽可以放他在山坡上乱跑,只要处决开始时吹声口哨,他便应声而来。

旅行者对这台机器兴趣不大,他在被判决者身后踱来踱去,难以掩饰淡然的态度,军官正在做最后的准备,时而爬进深陷在地里的机器底部,时而登上梯子,检查上面的部件。这些事原本可以交给机械师做,军官却干得很起劲,不知是因为他对这台机器推崇备至,还是出于别的原因,他不能把这份工作托付给别人。"现在全都好了!"他终于喊道,走下梯子。他累极了,大张着嘴呼吸着,还把两块柔软的女用手绢塞进军服的领子后面。"在热带地区,这种军服实在太厚了。"旅行者说,他没有像军官所期待的那样,询问机器的情况。"的确,"军官一边说,一边在一个已摆好的水桶里洗着满是油污的手,"军服意味着故乡;我们不愿失去故乡。——您还是看看这台机器吧,"他随即加上这么一句,一边用毛巾擦着手,一边指着机器说,"在此之前还需要人来操作,从现在起,机器就完全自行运转了。"旅行者点点头,跟随军官走着。军官力图为可能发生的故障做好准备,接着说道:"当然会出现一些故障;但愿今天不会发生，不过还是得考虑到故障有可能发生。这台机器得持续运转十二小时。即便出现故障，也只会是小毛病，马上就能排除。"

"您不想坐下吗？"他终于问道，从一堆藤椅里抽出一把递给旅行者；旅行者难以拒绝。于是，他坐在坑边上，往坑里瞟了一眼。坑不很深。在坑的一边，挖出来的土堆成了一堵墙，另一边立着机器。"我不知道，"军官说，"指挥官是否已向您介绍了这台机器？"旅行者做了一个含糊的手势；这正中军官下怀，因为这样他就可以亲自介绍这台机器了。"这台机器，"他说道，抓着一个摇杆，把身子靠在上面，"是我们前任指挥官的发明。我参与了所有的工作，从开始尝试一直到大功告成。不过，发明的功绩只属于他一个人。您听说过我们的前任指挥官吗？没有？嗯，我可以毫不夸张地说，整个流放地的设施都是他的杰作。我们，他的朋友们，在他逝世的时候就已知道，流放地的设施是自成一体的，他的继任者即便能想出上千个新规划，至少许多年内不可能对现有的设施有丝毫改变。我们的预见果真应验了；新指挥官不得不认识到这一点。您不认识前任指挥官，真遗憾！——不过，"军官止住了自己的话，"我在瞎聊了，他的机器就摆在我们面前。您看见了，它由三部分组成。年长日久，每个部分都有了通俗的名称。下面的叫床，上面的叫绘制仪，中间上下移动的部分叫耙。""耙？"旅行者问道。他没有专心听，太阳火辣辣地照在这毫无阴翳的山谷里，他很难集中注意力。他更觉得军官值得钦佩了，军官身穿紧绷绷、挂满肩章绶带、仪仗队式的军服，兴致盎然地介绍着，而且一边说着话，一边拿着一把扳手，这儿那儿地拧拧螺丝。士兵的状态看上去和旅行者差不多。他把被判决者的锁链绕在自己的两只手腕上，用一只手将身子靠着枪，耷拉着脑袋，对什么都不关心。旅行者对此并不感到惊异，因为军官说的是法语，士兵和被判决者肯定都不懂法语。引起他的注意的倒是被判决者，被判决者努力想听懂军官的介绍。军官指向哪儿，他就困倦地打起精神，把目光投向哪儿，这时，军官被旅行者的问题打断了，他也和军官一样看着旅行者。

"是的，耙，"军官说道，"这个名称很合适。针头呈耙状排列，整体的运作也像耙一样，只不过它只在一个地方动，而且技巧比较高明。您马上就会明白的。被判决者就躺在这张床上。——我想先描述一下机器，然后才让机器自行运作，这样您就比较容易看明白了。另外，绘制仪上的一个齿轮已严重磨损；机器一开动，它就嘎吱吱地响；说话都听不清；可惜这儿很难弄到配件。——这就是我刚才讲的床。床上铺了一层棉花；床的用途您就会知道的。被判决者面朝下躺在这层棉花上，当然是赤身裸体的；这是捆手的皮带，这是捆脚的，这是捆脖子的，这样就可以把他紧紧绑住。床头这儿——我说过了，他首先面朝下平躺在这儿——有一个小毛毡头，它活动自如，正好塞进他嘴里，以免他喊叫或咬烂舌头。这个人当然不得不把它衔在嘴里，否则他的脖子就会被皮带勒断。""这是棉花？"旅行者问道，探着身子。"是的，当然是棉花，"军官微笑着说，"您自己摸摸。"他抓住旅行者的手向床伸去。"这是一种特制的棉花，所以不大看得出来；我还会谈到它的用途。"旅行者已经对机器产生了一点兴趣；他把手搭在眼睛上挡住阳光，抬头仰望这台机器。这是个庞然大物。床和绘制仪一般大小，看上去仿佛两口黑箱子。绘制仪位于床上方约两米处；这两部分通过四角上的四根黄铜合金柱连接起来，柱子在阳光下熠熠生辉。在这两口箱子之间，耙顺着一根钢绳上下移动。

军官对旅行者先前的漫不经心几乎毫无察觉，这时却注意到了他开始萌发的兴趣；于是，他中断讲解，让旅行者有时间细细地观察。被判决者在模仿旅行者的动作；由于他无法把手搭在眼睛上，就眯缝着眼仰望着。

"刚才说到人躺在上面了。"旅行者说着，往椅背上一靠，跷起了腿。

"是的，"军官说，把帽子往后推了推，用手抹了一下发烫的脸，"您听着！床和绘制仪上都有电池；床上的电池供自己用，绘制仪上的是供耙用的。人一被捆牢，床就动起来。它上下左右同时颤动，细微而迅速地抽搐着。您在精神病院里大概见过类似的机器；只不过这床的所有移动都是精确计算好的，必须与耙的移动保持一致。耙才是真正的判决执行者。"

"到底是什么判决呢？"旅行者问道。"您连这也不知道？"军官惊讶地说，咬着嘴唇，"可能我的讲解条理不清，若是这样，请您多多包涵；我对此深表歉意。以前总是指挥官来做讲解；新指挥官却没有履行这项光荣的职责；他对您这样一位贵客，"——旅行者摆着双手试图拒绝这种尊称,军官却坚持这样说——"对这样一位贵客,连我们的判决形式都不介绍一下,这又是一项革新,这项革新——"他差点骂出口,但马上抑制住自己,只是说,"事先没人通知我,这不是我的错。而且,要讲解我们的各种判决方式,我还是最能胜任的,因为我这儿有"——他拍了拍胸前的衣兜——"前任指挥官绘制的图。"

"指挥官的亲笔绘图?"旅行者问道,"难道他集一切于一身? 他是军人、法官、设计师、化学家、绘图师?"

"是的。"军官点着头说,目光定定的,若有所思。然后,他察看着自己的手;似乎觉得手不够干净,不能就这样去碰绘图;于是,他走到水桶边,又洗了一遍手。接着,他抽出一个小皮夹,说:"我们的判决听起来并不严厉。用耙把被判决者所触犯的戒条写在他身上。比如在这个被判决者的身上,"——军官指了指被判决者——

"将要写:尊敬你的上级!"

旅行者瞥了被判决者一眼;军官指着他时,他低垂着脑袋,像是竖起耳朵想听明白。他那两片紧紧撅在一起的嘴唇翕动着,这表明他显然一句也没听懂。旅行者本来想问这问那,一看见被判决者,只问了句:"他知道他的判决吗?""不知道。"军官说,正想接着解释,旅行者却打断了他:"他不知道对他所做的判决吗?""不知道。"军官又说道,然后停顿片刻,仿佛要求旅行者进一步说明提这个问题的缘由,接着说,"对他宣布判决毫无意义。他会在自己的身体上知晓判决的。"旅行者已经打算不说话了,可他觉得,被判决者瞪着他,像是在问他是否赞同刚刚描述的过程。旅行者已经靠在椅背上了,于是,又探身继续问:"但他被判决了,这他总知道吧?""也不知道,"军官,对旅行者微笑着,似乎等着他发些奇怪的言论。"不知道?"旅行者说,擦擦额头,"那这个人现在还不知道他的辩护引起了怎样的反应吗？""他根本就没有辩护的机会。"军官说，往旁边看了看，像是在自言自语，不想讲这些在他眼里理所当然的事，免得旅行者难堪。"他总得有为自己辩护的机会吧。"旅行者说，从椅子上站了起来。

军官意识到这样很危险，对机器的讲解可能会被耽误许久；于是，他走到旅行者身边，挽着他的胳膊，指着被判决者——被判决者显然成了注意的焦点，马上站得笔直，士兵也拉了拉铁链——说："事情是这样的：我被任命为流放地的法官，尽管我还年轻。因为我曾协助前任指挥官处理过所有惩罚事宜，对这台机器也最了解。我做决定所遵循的准则是：罪行总是毋庸置疑的。别的法庭可能不一定遵守这一准则，因为它们由许多人组成，而且它们之上还有别的高级法庭。这里却不是这样，至少前任指挥官在任时不是这样。当然，新任指挥官已有意介入我的法庭，不过到目前为止，我都把他顶了回去，今后也会顶得住的。——您不是想听我解释一下这桩案子吗？它和所有案子一样简单。今天早上一个少尉报告说，派给他当勤务兵的这个人在他的门口睡大觉，没有执行公务。是这样的，他必须在每个整点时立正，在少尉门前敬礼。这绝对不难，而且十分必要，因为他既是警卫又是勤务兵，应当精力充沛。昨天夜里，少尉想检查一下，看他是不是忠于职守。整两点的时候，他打开门，发现他蜷成一团在睡觉。他取来马鞭抽他的脸。这个人非但不站起来请求原谅，反而抱住主人的腿，摇着主人，喊道：'扔掉鞭子，不然我就吃了你！'这就是案情。一小时前，少尉来到我这儿，我记下了他的陈述，随即就写了判决书。然后我下令给这个人锁上镣铐。这一切很简单。假使我先把这个人叫来审问，只会产生混乱。他会撒谎的，如果我能戳穿他的谎言，他又会编出新的谎言，就这样没完没了。而现在我抓住了他，就不再放手了。——全都解释清楚了吗？时间过得很快，已经应当开始执行了，可我还没讲解完机器呢。"他催促旅行者坐回到椅子上，又走到机器前，开始说道："您看到了，耙与人的体形是吻合的；这是对付上身的，这是对付腿的。对付头嘛，只有这个小雕刻刀。您明白了吗？"他友善地向旅行者探着身子，准备做最详尽的解释。

旅行者皱着眉头察看着耙。他对军官所讲的审判程序不满意，却只能提醒自己，这里是流放地，特殊的惩处是必要的，彻底的军事化做法是必需的。另外，他对新指挥官抱有一线希望，新指挥官显然打算引进一种新的审判程序，这个过程很缓慢，是军官的狭隘思想所无法接受的。顺着这个思路，旅行者问道："指挥官会来观看执行吗？""不一定。"军官说，这个突兀的问题触到了他的痛处，他满脸的和颜悦色变阴沉了，"正因如此，我们必须抓紧时间。很遗憾，我甚至不得不缩短我的讲解。不过，我可以明天，等机器——它一用起来就弄得很脏，这是它惟一的缺点——打扫干净后，补做详尽的解释。现在就只讲最必要的。——当这个人躺在床上，床开始颤动时，耙便落到他的身体上。耙自动调节，只有针尖刚刚触及身体；调节好后，钢绳马上绷直了。游戏就开始了。不明底细的人看不出各种惩罚之间的区别。耙的运作看起来都一样。它颤动着把针尖刺入身体，身体随着床颤动。为了使大家都能监督判决的执行，耙是用玻璃做的。要把针安进玻璃，有一定的技术难度，但我们试了很多次，终于成功了。我们不怕付出艰辛。现在大家透过玻璃看得见刺文是怎样写在身体上的。您不想走近些看看这些针吗？"

旅行者慢慢站起身，走了过去，俯身在耙上。"您瞧，"军官说，"这是两种针的多重组合。每根长针旁都有一根短针。长针是刺字的，短针喷出水冲掉血迹，使刺文始终保持清晰。然后，血水从这儿流进小槽，最终汇入这个主槽，主槽的排水管通向这个坑。"军官用手指精确地描绘着血水所必经的路线。为了演示得尽量形象些，他把双手拢在排水管的出口上，旅行者这时抬起头，用手往后摸索着，想坐回到椅子上。他惊恐地看见，被判决者和他一样，也接受了军官的邀请，从近处察看着耙这一装置。被判决者把昏昏欲睡的士兵往前拽了拽，也俯身在玻璃上。他目光茫然，显然在寻找着这两位先生刚刚观察到的东西，然而，由于听不懂讲解，他怎么也看不明白。他弓着身子这儿探探，那儿探探，不停地打量着玻璃。旅行者想把他赶回去，因为他的这种举动很可能会受到惩罚。军官却用一只手拦住了旅行者，用另一只手从土堆上拿起一块土朝士兵身上扔去。士兵猛地睁开眼睛，看见被判决者胆敢如此，就放下枪，站稳脚跟，把被判决者往回拽，被判决者随即跌倒在地，然后，士兵低头看他在地上挣扎,铁链碰得铿锵作响。"把他拉起来!"军官喊道,因为他发现,被判决者太分散旅行者的注意力了。旅行者不去注意耙,竟把身子探过耙,只为了弄明白被判决者的处境。"对他当心点!"军官又喊道。他绕过装置,亲手抓住被判决者的腋下,在士兵的帮助下,把他拉了起来,他的脚还不住地打滑。

军官重新回到他身边时,旅行者说:"现在我已经都知道了。""还差最重要的,"军官说,他抓住旅行者的胳膊,指着上面说,"那个绘制仪里面是齿轮组,它决定耙的运转,是按判决书的图样设置的。我用的还是前任指挥官的绘图。就在这儿,"他从皮夹子里抽出几张纸来,"不过很抱歉,我不能让您拿在手里看。这是我最珍贵的财产。您坐下,我让您从这个距离看,您就能看得一清二楚。"他展开第一张图纸。旅行者本想说几句奉承话,可他只看见迷宫一般、密密麻麻的线条,横七竖八地互相交叉着,要辨认出线条之间的空白都很费劲。"您读读吧,"军官说。"我读不了。"旅行者说。"这很清晰嘛。"军官说道。"很巧妙,"旅行者含糊其辞地说,"可我无法辨认。""是的,"军官说着笑起来,把图纸又装进了皮夹子,"这不是给小学生看的字帖。得好好读才行。您最终也肯定会读明白的。这当然不是简单的文字;它不是马上处死犯人,而是平均持续十二个钟头;转折点定在第六个钟头上。文字周围必须刻上许许多多装饰性图案;文字本身只像一条细腰带一样绕身体一圈;身体的其他地方用来刻装饰性图案。您现在可以赞赏耙和整个机器的运作了吗?—— 您注意看吧!"他跳上梯子,转动了一个轮子,朝下面喊道:"当心,往边上站。"一切都运转起来。若不是轮子吱吱作响,这一切还挺壮观的。这个煞风景的轮子似乎使军官吃了一惊,他对它挥挥拳头,又向旅行者摊摊手,表示歉意,匆匆爬下来,从底下察看机器的运转。还有点什么毛病，这只有他觉察到了；他又爬上去，把双手伸进绘制仪里拨弄一阵，接着，为了下来得快些，他不走梯子，而是顺着一根柱子往下滑，他担心旅行者由于噪音而听不清，憋足了劲对着旅行者的耳朵喊道："您明白过程了吗？耙开始写字；等它在犯人的背上写完第一遍后，棉花层就会转动，把身体缓缓卷到一旁，为耙腾出地方。这时，被写得伤痕累累的身体躺在棉花上，棉花是经过特别处理的，能马上止血，以便字能刺得更深。身体再被卷回来时，耙边上的这些尖齿就把棉花从伤口上拽下来，扔进坑里，耙就又开始工作了。就这样，它越写越深，整整写十二个钟头。头六个钟头，被判决者活得恍若先前，只是得忍受疼痛。两个钟头之后，衔嘴拿掉了，因为犯人再也叫不动了。床头上这个电热桶里是热粥，犯人如果想喝的话，就可以用舌头舔。没有哪个犯人会错过这个机会，就我所知一个也没有，而我的经验是很丰富的。

大约到第六个钟头时,他才没有了食欲。这时,我往往跪在这儿,观察这番景象。犯人很少把最后一口粥吞下去,只是在嘴里转转,就吐进了坑里。我得弯下腰来,否则他就吐我脸上了。而第六个钟头时,他变得多安静了啊!最愚笨的脑袋也开窍了。这是从眼睛开始的,由此扩散开来。当您目睹这一切时,简直也想躺到耙底下去了。这时便不会再发生什么了,犯人开始辨认文字。他噘着嘴,仿佛在聆听。您已经看到了,用眼睛辨认文字都不容易;而我们的犯人是靠他的伤口来辨认的。这得费一番功夫,他需要六个钟头才能完成。接着,耙将他刺穿,然后扔进坑里,他就倒在血水和棉花中。处决就这样结束了,我们,我和士兵,把他埋起来。"

旅行者侧耳听完军官的解释,两手插在衣兜里,观看着机器的操作。被判决者也在观看,却一点都不明白。他微微弯着腰,目光追随着摆动的针,这时,士兵在军官的示意下,用刀子从背后划破被判决者的衬衣和裤子,衣裤随之掉落下来;他还想抓住下落的衣服遮盖,然而,士兵把他举起来,抖落了他身上仅存的碎片。军官调整好机器,在这寂然无声的片刻里,被判决者被放到了耙下面。松开了铁链,捆上了皮带;一开始,被判决者似乎感到一阵轻松。这时,耙又往下降了降,因为这人很瘦。针头触到他时,一阵寒战掠过他的皮肤;士兵正忙着拴紧他的右手,他盲目地伸出左手;却恰好指向旅行者所站之处。军官不停地从旁边瞧着旅行者,似乎想从他的脸上看出他对处决的印象,至少他已为旅行者做了粗浅的讲解。

这时,捆手腕的皮带断了;可能是士兵捆得太紧了。士兵指着断掉的皮带,请军官帮忙。军官走过去,把脸转向旅行者说道:"机器的组成复杂精密,难免会这儿坏那儿断的;可别因此影响对机器的总评价。皮带马上就可以换;我打算用铁链;这样一来,右胳膊当然就震颤得没那么柔和了。"他一边捆链条,一边又说道:"如今,机器的维修费用被大大削减了。前任指挥官在任时,我可以随意支配一笔专用于此的款项。这儿还有一个材料库,里面的配件应有尽有。我承认我当时用得有些浪费,我是说以前,不是现在,新指挥官现在却还这样指责我,无非是想找借口干掉老机构。如今,他亲自掌管着机器的费用,我要是派人去领根新皮带,还得把断了的拿去作证,新皮带十天以后才能发下来,而且质量更差,不禁用。至于我在此期间没有皮带怎样让机器运转,这就没人操心了。"

旅行者寻思着:断然干涉他人的事总是应当三思而后行的。他既非流放地的居民,也不是流放地所属国的公民。假若他想谴责甚或阻止这次处决,人们可能会对他说:你是外国人,住嘴吧。对此他将无言以对,只能补充说,他这样做,自己都觉得不可思议,因为他旅行的目的只是观看,绝非更改他人的法律制度。是这里的情形促使他跃跃欲试。审判程序不公正,处决不人道,这都是毫无疑问的。谁也不会认为旅行者有私利可图,因为他与被判决者素昧平生,又不是同胞,而且,被判决者绝非让人起怜悯之心的人。旅行者本人持有高级官员的介绍信,在这里受到了礼遇,他被邀请参观处决,这似乎意味着,人们要求他对这一法律程序做评判。更说明这一点的是,他刚才听得清清楚楚,指挥官并非这种程序的追随者,对军官抱近乎敌对的态度。

这时,旅行者听到军官一声怒吼。他费了好大力气,刚把衔嘴塞进被判决者嘴里,被判决者却禁不住一阵恶心,闭上眼睛呕吐起来。军官赶紧拎起他,想把他的头转向坑;可是太迟了,污物已顺着机器流淌下来。"都是指挥官的错!"军官喊道,疯狂地摇着面前的黄铜合金柱,"机器给弄得像猪圈一样脏了。"他双手颤抖着指给旅行者看发生了什么事。"我不是对指挥官解释过好几个钟头了吗？犯人在处决前必须饿一整天。这些新来的温和派却持另外的看法。在他被带走之前，指挥官的女眷们给犯人嘴里塞满了甜食。他一辈子以臭鱼果腹，现在却有甜食送到嘴边！这倒也罢了，我不反对，但为什么不弄一个新衔嘴呢？我已经申请了一个季度。上百个犯人临死前吸过咬过的衔嘴现在让他含在嘴里，他怎么会不恶心呢？"

被判决者低垂着头，看上去很平静，士兵忙着用被判决者的衬衣擦机器。军官走向旅行者，旅行者预感到了什么，退后一步，军官却抓住他的手，把他拉到一边去。"我想私下跟您说几句话，"他说道，"行吗？""当然可以。"旅行者说，垂目听着。

"您现在有机会欣赏的这种程序和处决如今在我们流放地已经没有公开的追随者了。我是追随者的惟一代表，同时也是老指挥官这份遗产的惟一代理人。我不再奢望进一步发展这种程序，为了保护现存的一切，我已鞠躬尽瘁。老指挥官在世时，流放地遍布着他的追随者；老指挥官的说服力我具备一些，他的权力我却一点也没有；因此，追随者都已销声匿迹，他们人数虽然还不少，但谁也不愿承认。在处决日，比如今天，您如果去茶馆听听他们的聊天，可能只会听到闪烁其词的言论。他们全都是追随者，但是，在现任指挥官的领导下，在他的新观念的统治下，他们根本不会助我一臂之力。现在我问您：这样一个毕生的杰作"——他指了指机器——"难道应当因为这个指挥官以及对他施加影响的女眷们而被毁掉吗？您虽然只是在我们岛上逗留几天的外国人，能听之任之吗？不能再耽搁了，他们正在密谋撤销我的审判权；现在指挥部商量很多事都不请我参加；甚至您今天的来访，我认为也很说明这种局面；他们是胆小鬼，把您这个外国人推到前台来。——要是在以前，处决是多么不同啊！处决前一天，山谷里已人山人海；都是为了亲眼看见处决；一大早，指挥官就和他的女眷们来了；军号声唤醒了整个营地。我向指挥官报告，一切准备就绪；全体人员 —— 高级官员一律不准缺席 —— 整齐地坐在机器周围；这堆藤椅就是那个时代的可怜遗迹。那时候，机器擦得锃亮，几乎每次处决时，我都使用新配件。在数百双眼睛的注视下 —— 观众都踮着脚站着，那边的斜坡上站得满满的 —— 指挥官亲手把被判决者放到耙下面。今天随便哪个士兵都可以做的事，那时是我这位审判长的职责，为此我深感荣幸。接着，处决开始了！没有任何杂音干扰机器的操作。有些人根本不看，闭上眼睛躺在沙地上；大家都知道：现在正义得到了伸张。在一片寂静中，只听到被判决者被衔嘴压低的呻吟声。如今，机器从被判决者嘴里已挤不出衔嘴所抑制不住的呻吟；那时，写字的针还滴出一种腐蚀性液体，如今却不许再用这种液体了。嗯，第六个钟头到了！人人都想在近处看，这哪能办得到呢？指挥官英明地指示，应当首先考虑儿童；我因公务在身，当然可以一直待在被判决者身旁；我常常蹲在那儿，一手抱一个孩子。我们是怎样全神贯注地观察着受刑人脸上焕发出幸福的光彩！我们的脸颊沐浴在这终于来临、却已在消逝的正义的光辉之中！那是多么美好的时光啊，我的同志！"军官显然忘了站在他面前的是谁；他抱住旅行者，把头搁在他肩上。旅行者十分尴尬，不耐烦地越过军官的头看过去。士兵打扫完毕，正把一罐大米粥倒进桶里。被判决者像是已经完全缓过来了，一看见粥就用舌头去舔。士兵一再把他推开，因为粥是为晚些时候准备的，可是他自己也不规矩，把一双脏手伸进桶里，当着贪吃的被判决者的面吃了起来。

军官很快就克制住了自己。"我并不是想让您动情，"他说，"我知道，如今要让人理解那个时代是不可能的。再说，机器还在运作，摄人心魄。即便它孤零零地耸立在这山谷里，仍然摄人心魄。尸体最后仍不可思议地轻飘飘地腾空掉进坑里，尽管不像从前那样，数百人苍蝇似的簇拥在土坑周围。那时我们不得不在坑边上筑起一道结实的栏杆，它早就被拆掉了。"

旅行者不想让军官看见他的脸，便漫无目的地四处看。军官以为他在观察荒凉的山谷；于是抓住他的手，转到他面前，盯住他的眼睛，问道："您注意到耻辱了吧？"

旅行者却一言不发。军官放开他片刻；他自己叉开腿，双手叉腰，一动不动地站着，瞧着地面。接着，他朝旅行者鼓励地微微一笑，说道："昨天指挥官邀请您时，我就在您旁边。我听到了他的邀请。我了解指挥官。我马上就明白了，他发出这个邀请意图何在。凭他的权力他完全可以对付我，但他不敢，宁可让我接受您这位有名望的外国人的评判。他考虑得很精细；您到岛上来才两天，您不了解前任指挥官及其想法，您脑子里还全是欧洲人的观念,您可能对死刑一概坚决反对,更不用说这种机械的处决方式了,您还看到,处决缺乏公众的参与,在一台已有些破损的机器上进行,凄凄凉凉——目睹如此种种(指挥官是这样盘算的),不就很可能会反对我的程序了吗?您只要认为它不对,就不会隐而不言(我还是在说指挥官的想法),因为您肯定相信自己久经考验的信念。您见识过并懂得尊重许多民族的种种奇风异俗,所以您可能不会像在家乡那样,不遗余力地反对这种程序。不过,指挥官并不需要您这样做。随口说的一句不慎之言就够了。这话不必符合您的信念,只要表面上投合他的愿望就行了。我敢打保票,他会千方百计地向您刨根问底。他的女眷们会围着您坐成一圈,竖起耳朵听;您大概会说,'我们那儿的审判程序是另外一个样子',或者'我们那儿,判决前先审问被告',或者'我们那儿,被判决者知晓对他的判决',或者'我们那儿，除了死刑还有别的刑罚'，或者'我们那儿，只有在中世纪才有酷刑'。所有这些看法都没有错，而且您觉得这是自然而然说出来的，这些说者无心的话不会中伤我的程序的。但指挥官会怎样听取这些意见呢？我仿佛看见他这位好指挥官立即推开椅子，冲上阳台，我仿佛看见他的女眷们跟着他拥上来，我听到他的声音——他的女眷们称之为雷霆之声——他开始讲话了：'一位西方的大学者，他专门考察各国的审判程序，他刚才说，我们这种按照古老习俗制定的程序是不人道的。这样一位权威人士做出了这样的评判，我当然再也无法容许这种程序了。我命令，从今天起……'等等。您想插言，您并没有说过他所宣称的话；您并没有说我的程序不人道，相反，凭您的深刻见解，您认为它是最人道、最符合人的尊严的，而且您很欣赏这种机械运作，——然而为时已晚；阳台上站满了女士，您根本上不去；您想引起大家的注意；您想喊叫；一位女士的手却掩住了您的嘴，——于是，我以及老指挥官的杰作就完了。"

旅行者强忍住微笑；他还以为他的任务很艰巨呢，原来如此简单。他含糊地说："您高估了我的影响，指挥官读过了我的介绍信，他知道我不是什么审判程序的专家。即便我说出我的看法，那也只是个人之见，并不比其他任何人的看法重要，与指挥官的意见相比，就更是无足轻重了。据我所知，他在流放地拥有非常广泛的权利。他对这种程序的看法如果真如您所认为的那么明确，那么，这种程序的末日恐怕无需我的绵薄之力就来临了。"

军官明白了吗？不，他还没有明白。他使劲摇着头，回头瞟了一眼被判决者和士兵，这两人吓了一跳，停止了吃粥，军官走到旅行者面前，不看他的脸，而是看着他上衣的某个地方，说话声比刚才低了："您不了解指挥官；对他和我们所有人来说，您某种程度上——请原谅我这样说——是无关痛痒的；相信我，我对您的影响怎么高估都不为过。当我听说您独自来观看处决时，我高兴极了。指挥官这样安排是想打击我，我现在却将计就计。您不受那些低声耳语的无稽之谈和蔑视的目光的干扰——一大群人观看处决时，这种干扰就在所难免了——听了我的讲解，看了机器，现在就要观看处决了。您的评判肯定已经定型，即便还有些拿不准的小地方，一看处决也就全明白了。现在我向您提出一个请求：请在指挥官面前帮帮我！"

旅行者打断他的话。"这我怎么做得到呢，"他嚷道，"这根本不可能。我既害不了您，也帮不了您。"

"您能帮我。"军官说。旅行者见军官攥起拳头，心中有些担心。"您能帮我，"军官更加咄咄逼人地说，"我有一个计划，成败就在此一举了。您认为您的影响力不够。我认为够了。即使承认您说得对，为了维护这一程序，难道不应当连未必够的力量也试试吗？您听听我的计划吧。要实行这一计划，您今天在流放地必须尽可能不谈您对这一程序的看法。您如果没有被直接问到，千万别开口；即便问到，也必须回答得简短而含糊；应当让人看出，您谈这些很为难，您感到愤懑，如果要讲实话，您简直就要骂起来了。我并不要求您撒谎；绝对不；您只需做出简短的回答，比如：'是的，我看过处决了'，或者'是的，我听了所有的讲解'。就这些，别的什么也不说。您有充足的理由感到愤懑，即便这不合指挥官的意。他当然会完全误解您的意思，并按他的想法来解释。这就是我的计划的基础。明天，指挥部将举行所有高级官员的大会，由指挥官主持。指挥官当然懂得把这种会议弄得沸沸扬扬。已为观众修建了顶层楼座，上面总是座无虚席。我不得不参加这个大会，但我对此极为反感。您肯定会被邀请出席这次会议；如果您今天按我的计划做，指挥官就不仅会邀请您，还会迫切地请求您出席。假使由于某个莫名其妙的原因，您没有受到邀请，那您一定要提出这个要求；这样一来，您保准会得到邀请。明天您就同女士们一起坐在指挥官的包厢里。他不时地往上瞧瞧，确信您来了。讨论完各种各样无关紧要、纯粹讲给观众听的可笑问题后 —— 通常是港口建设，没完没了的港口建设！—— 也会谈到审判程序。如果指挥官不提或不马上提这个问题，我会设法使之成为议题。我会站起来，报告今天的处决执行了。十分简短，就这样报告一声。尽管这种报告在这样的会议上是不寻常的，我还是要这样做。指挥官会向我道谢，跟往常一样面带和蔼的微笑，接着他就难以抑制自己了，就会抓住这个大好时机。'我们刚刚听到了，'他大致会这样说，'关于处决的报告。我只想补充一点，这位知名学者恰好参加了这次处决，各位都知道，他的访问使我们流放地蓬荜生辉。他的光临也使我们今天的会议意义重大。我们现在不就很想问问这位著名学者,问他如何评价这种按古老习俗进行的处决以及处决之前的审判程序?'这当然会引来一片掌声,大家一致赞同,而我是鼓掌鼓得最响的。指挥官会向您鞠一躬,说道:'那么,我代表在座各位向您提这个问题。'您走到栏杆前,您必须把手放到大家都看得见的地方,不然女士们会抓住您的手,拨弄您的指头。——终于该您发言了。我真不知道我将如何熬过之前那几个焦急不安的钟头,等到这个时刻终于来临。您发言时不必有任何顾忌,把真相大叫大嚷说出来吧,把身子俯在栏杆上吼吧,可不是,朝着指挥官吼出您的看法,您的坚定不移的看法。不过,您可能不愿这样做,这种做法不符合您的性格,在您的家乡,人们在这种情况下或许会采取另外一种做法,这也无妨,这也就足够了,您站都不用站起来,只说寥寥数语,而且是轻声细语,刚好让坐在您下面的官员们听到,这就够了,您根本用不着讲观看处决的人太少、齿轮嘎吱作响、皮带扯断、衔嘴令人作呕,不必讲这些,这一切我来讲,您相信吗? 我的话即使不能把指挥官赶出会场,也会让他屈服忏悔:老指挥官,我给你跪下了。——这就是我的计划;您愿意帮助我实施它吗? 您当然愿意,不仅如此,您必须帮助。"军官抓住旅行者的胳膊,喘着粗气盯着他的脸。最后这几句话是大声喊出来的,引起了士兵和被判决者的注意;他们虽然一句也听不懂,却停止了吃粥,一边咀嚼着,一边瞧着旅行者。

对旅行者来说,他要给出的回答从一开始就是很明确的;他一生经历甚丰,不可能在这件事上有任何动摇;他本质上是个诚实无畏的人。尽管如此,当他看到士兵和被判决者时,还是犹豫了片刻。他最后还是只能说:"不。"军官连连眨眼,目光却没有离开过他。"您愿意听我解释一下吗?"旅行者问道。军官默默地点点头。

"我是这种程序的反对者,"旅行者说,"您还没有对我表示信任时——我当然绝不会滥用您的信任——我就已经在考虑:我是否有权反对这种程序,我的反对是否会有一丝成功的希望。我很清楚应当先找谁;当然是指挥官。您的话使我更明白这一点了,不过,我并不是因此才下定了决心,相反,您真诚的信念令我感动,尽管它不能使我动摇。"

军官仍然一声不吭,他转向机器,抓住一根黄铜合金柱,然后稍稍向后仰,望着绘制仪,像是在检查一切是否正常。士兵和被判决者看上去已结成了朋友;被判决者向士兵打手势,尽管他被皮带紧捆着,做这个动作非常艰难,士兵向他弯下身去,被判决者对他耳语着什么,士兵连连点头。

旅行者跟在军官身后,说道:"您还不知道我想做什么呢。我会告诉指挥官我对这个程序的看法,不过不是在大会上,而是与他单独面谈；我也不会在这儿呆那么久，被拉去参加什么会议；我明天一早就走，至少要到船上去。"

军官似乎并没有在听他说话："这个程序原来并没有让您信服。"他自言自语地说，微笑着，仿佛老人在笑孩子的瞎胡闹，微笑里隐藏着他真正的思索。

"是时候了。"他终于说道，突然目光灼灼地看着旅行者，其中包含着某种要求，某种要求参与的呼吁。

"是什么时候了？"旅行者不安地问道，却没有得到回答。

"你自由了。"军官对被判决者说，说的是被判决者的语言。被判决者起初还不相信。"喂，你自由了。"军官说道。被判决者的脸上第一次有了生气。这是真的吗？会不会只是军官一时的心血来潮？还是这位外国旅行者为他争取到了豁免？怎么回事呢？他的脸上写满了这些疑问。不过并没有多久。不管怎么回事，只要允许，他就想确实体验到自由，于是，他开始在耙容许的范围内挣扎起来。

"你把我的皮带都快挣断了，"军官喊道，"安静些！我们马上就给你解开。"他向士兵做了个手势，两人一起解皮带。被判决者一言不发地暗自发笑，把脸一会儿往左转向军官，一会儿往右转向士兵，同时没有忘记看旅行者。

"把他拽出来。"军官命令士兵。由于有耙，拽的时候得小心。被判决者急不可待，背上已擦破了几处。

从这时起，军官就不再过问他了。他走到旅行者面前，又把小皮夹子掏出来翻着，终于找到了他要的那张图纸，展开来给旅行者看。"您读读吧。"他说。"我读不了，"旅行者说，"我说过了，我读不懂。""您仔细看看这张吧，"军官说着，走到旅行者身边，以便跟他一起读。但这样还是不行，于是，他用小手指在空中划着，仿佛这张纸是绝对不可触摸的，以便使旅行者好读一些。旅行者也在努力,希望至少在这件事上取悦一下军官,可他根本读不了。军官开始一个一个字母地拼读,然后连起来又念了一遍。"上面写着'要公正!'"军官说道,"您现在可以读了。"旅行者俯身在纸上,军官怕他碰到纸,把纸挪开了些;旅行者虽然什么也没说,但他显然还是读不了。"上面写着'要公正!'"军官又说了一遍。"可能是吧,"旅行者说,"我相信上面是这样写着的。""那好。"军官说,至少部分地感到了满足,拿着那张纸爬上梯子;他小心翼翼地把图纸安放在绘制仪里,像是在全部重新调整齿轮组;这个活儿很费劲,一定牵动着很小的齿轮,有时他把头全埋进绘制仪里了,他必须如此精确地检查齿轮组。

旅行者站在下面目不转睛地望着他,脖子都僵了,灼热的阳光刺痛了他的双眼。士兵和被判决者在一块儿忙着自己的事。被判决者的衬衣和裤子刚才被扔进坑里,士兵用刺刀把它们挑了出来。衬衣脏得可怕，被判决者把它放在水桶里洗了洗。等他穿上衬衣和裤子，两人不禁哈哈大笑，因为衣裤后面被割成了两片。也许被判决者觉得自己有义务逗士兵开心，便穿着被割破的衣服在士兵面前转起圈来，士兵乐不可支，蹲在地上直拍自己的膝盖。考虑到两位先生在场，他们才有所收敛。

军官在上面终于忙完了，微笑着再次通观整体及各个部分，把绘制仪一直敞着的盖子啪地关上，走下梯子，往坑里瞧了瞧，又看了看被判决者，满意地发现被判决者已经取出了他的衣服，然后，他走到水桶边去洗手，这才发现桶里的水肮脏不堪，他为现在无法洗手感到难过，最后只得把手插进沙子，他对这个替代品甚为不满，却也只有将就了，接着，他站起身，开始解军服的扣子。刚一解开，那两块塞在领子里的女用手绢就落进了他手里。"这是你的手绢，"他说，把手绢扔给被判决者，又向旅行者解释道,"女士们送的。"

他匆匆脱下军服,接着把衣服全脱光了,但他十分精心地对待每一件衣服,甚至还特意用手指抚摸军服上的银绶带,把一个流苏抖整齐。与这份精心极不协调的是,他刚刚整理完一件,立即把它忿忿地扔进坑里。他身上最后只剩短剑和挂剑的背带了。他拔剑出鞘,将剑折断,然后把断剑、鞘和背带捧到一块儿,猛地扔进坑里,坑里碰出了丁零咣啷的响声。

他一丝不挂地站着。旅行者咬着嘴唇,一言不发。他明知将要发生什么,却无权阻止军官的任何行为。如果军官所痴迷的审判程序果真就要被取缔了 —— 或许是由于旅行者的介入,他觉得自己有义务这样做 —— 那么,军官现在的行为就完全正确;假若旅行者处在他的位置上,也会这样做的。

士兵和被判决者起先根本没明白这是怎么回事,看都没往这边看一眼。被判决者重新得到了手绢,兴高采烈,但他没高兴多久,就被士兵猝不及防地一把夺走了。被判决者试图从士兵的皮带后面把手绢拽出来,然而士兵看得很紧。他们就这样半开玩笑地扭打着。直到军官脱光衣服,这才引起了他们的注意。特别是被判决者,仿佛预感到某种大变故即将发生,十分震惊。刚才发生在他身上的事,现在要发生在军官身上了。可能会发展到登峰造极的地步。大概是这位外来的旅行者下达了命令。这就是报应。他虽然受刑没有受到头,现在却要为自己彻底报仇了。他的脸上漾出无声的笑容,这笑容再也没有消失。

军官已转向了机器。即便之前就已知道,他对这台机器了如指掌,现在看他怎样操纵机器,机器怎样服从他的指挥,还是会大吃一惊。他刚把手伸向耙,耙就起落了几次,调整好位置,以便接受他;他刚一抓住床沿,床便颤动起来;衔嘴向他的嘴移过来,看得出,军官原本不想含衔嘴，但他只犹豫了片刻，随即顺从地把它含进了嘴里。一切就绪，只有皮带还垂在两边，可这显然没有必要，军官用不着被捆紧。被判决者注意到了松弛的皮带，他认为如果不拴紧皮带，处决就不够完满，他一个劲儿地招呼士兵过去，他俩一道去捆军官。军官已伸出一只脚想去踢手柄，以便绘制仪运作起来；他看见这两位过来了，便收回脚，任他们捆绑。这样他就够不着手柄了；士兵和被判决者是找不着它的，旅行者已决心袖手旁观；无需他帮忙；皮带刚一拴紧，机器就开始运作了；床颤动着，针头在皮肤上飞舞，耙起起落落。旅行者目不转睛地看了好一会儿，才想到绘制仪里的一个齿轮应该吱嘎作响的；可是一片寂静，连丝毫的嗡嗡声都听不到。

　　机器悄然无声地运作着，大家就不去注意它了。旅行者扭头看着士兵和被判决者。被判决者比较活跃，对机器中的一切饶有兴趣，时而弯下腰，时而直起身，老是伸出食指，指给士兵看什么。旅行者感到难堪。他原本决心在这儿待到处决完毕，但他受不了这两个人的样子。"你们回去吧。"他说。士兵可能倒还愿意走，被判决者却把这个命令视为惩罚。他攥着手央求让他留下，看见旅行者摇着头不肯让步，甚至跪下了。旅行者意识到命令在这儿不起作用，就想走过去把他俩赶走。正在这时，他听到上面绘制仪发出一种声响。他抬头仰望。是那个齿轮出问题了吗？但不是齿轮，是别的什么。绘制仪的盖子缓缓升起，然后啪嗒一声全敞开了。一个齿轮的尖角露了出来，逐渐升高，接着整个齿轮都露出来了，似乎某种强大的力量挤压着绘制仪，以至于这个齿轮没有位置了，齿轮旋转到绘制仪的边缘，掉了下来，在沙子上滚了一截，就躺平了。但上面已经又升起一个齿轮，紧接着升起了许多大大小小的齿轮，无从分辨，它们的运动都和第一个齿轮一样，让人总以为绘制仪里面已经空了,这时却出现了一个为数众多的新齿轮组,它升起来,跌落,在沙子中滚动,然后躺平。被判决者看见这个过程,把旅行者的命令忘得一干二净了,掉落的齿轮把他完全迷住了,他老想抓住一个,还叫士兵来帮忙,可他一次次吓得把手缩了回来,因为下一个齿轮紧接着落下,至少它一开始的滚动吓住他了。

旅行者却十分不安;机器显然快散架了;它的无声无息的运转是个假象;他觉得现在应当关心一下军官,因为军官无法再照顾自己了。然而,他全神贯注地观看齿轮的跌落,耽误了察看机器的其他部分;直到最后一个齿轮离开了绘制仪,他终于俯身在耙上,大吃一惊,发现了更糟糕的情况。耙没有写字,只是在刺扎,床没有翻转身体,只是颤动着把它送到针尖上去。旅行者想干预,尽可能让这一切停下来,这并非军官想得到的酷刑,这简直就是谋杀。他伸出双手。耙却已叉住身体升了起来，转向一边，就像往常第十二个小时里才会出现的运作。血从身体成百个孔里涌出，没有掺杂水，喷水管这次也失灵了。最后失灵的是，身体并没有脱离长针头，而是悬在坑的上空，血流如注，掉不下来。耙已经要恢复原位了，似乎觉察到尚未摆脱重负，便停在了坑的上空。"你们来帮帮忙啊！"旅行者向士兵和被判决者喊着，他自己抓住了军官的脚。他想，他在这边压住军官的脚，那两个人在另一边抱住军官的头，这样就可以慢慢地把军官从针头上卸下来。那两个人却下不了决心过来；被判决者干脆背转身去；旅行者不得不走过去，用蛮力把他们赶到军官的头那边去。这时，他极不情愿地看了看死者的脸。面容一如生前，看不出军官所期许的解脱的痕迹；所有其他人从机器中获得的解脱，军官没有得到；他双唇紧闭，眼睛睁着，恍若生者，目光安详，充满信念，一根大铁钉穿透了他的额头。

旅行者与紧随其后的士兵和被判决者来到流放地最老的房屋前,士兵指着其中一座说:"这就是茶馆。"

房屋的底层是个又深又低、洞穴似的房间,四壁和顶棚都被烟熏黑了。朝街的这一面完全敞着。茶馆虽然与流放地的其他房屋——除了指挥部的宫殿式建筑,所有的房屋都破败不堪——无甚差别,却给旅行者留下了深刻印象,他觉得这是一种历史回忆,从中感到了过去时代的力量。他走近茶馆,身后跟着两位陪同,穿过门前街上的空桌子,呼吸着从里面散发出的阴凉而带霉味的空气。"老头子就埋在这儿,"士兵说,"神父不肯让他葬在公墓。有一段时间,人们拿不定主意,不知道该把他埋在哪儿,最后就埋在这儿了。军官保准没对您讲,因为这当然是他最丢脸的事。他好几次甚至想在深夜里把老家伙挖出来,但他每回都被赶走了。""坟墓在哪儿?"旅行者问,他觉得士兵的话难以置信。士兵和被判决者马上跑到他前面,伸出手给他指坟墓。他们领着旅行者走到后墙边,那儿的几张桌子旁坐着茶客。大概是码头工人,身强力壮,留着短短的乌黑发亮的络腮胡子。他们都没有穿外套,衬衣破破烂烂的,这是一群贫贱穷苦的民众。旅行者走过去时,有几个人站了起来,靠着墙看他。"是个外国人,"旅行者的周围一片耳语声,"他想看看坟墓。"他们推开一张桌子,下面真有一块墓碑。这是一块简陋的石碑,低得桌子一挡就看不见了。碑上的铭文字体很小,旅行者得跪下来才能看清。上面写着:"老指挥官之墓。其追随者如今隐姓埋名,为其建坟立碑。有预言曰,指挥官数载之后复活,由此屋率众追随者光复流放地。信之,静候!"读完这段文字,旅行者站起身来,看见众人围在他身边,面带微笑,仿佛同他一道读了碑文,觉得很可笑,并要求他接受这个看法。

旅行者装作没看见，散给他们一些硬币，等桌子又推回到坟墓上后，他离开茶馆，走向码头。

士兵和被判决者在茶馆碰上了熟人，被留了下来。他们一定很快就摆脱了熟人，因为旅行者刚走到通向小船的长石阶的中央，他们就已追上来了。他们大概想在最后一刻逼迫旅行者把他们带走。旅行者正在下面跟船夫商议着摆渡到轮船去，那两个人飞快地冲下石级，一声不吭，因为他们不敢喊叫。等他们到下面时，旅行者已上了船，船夫正把小船撑离岸边。他们还可以跳上船的，但旅行者从船板上举起一根打着结的粗绳，威胁他们，不准他们往上跳。

王炳钧 译

Franz Kafka
Das erzählerische Werk

Ein Landarzt

新来的律师

我们这儿新来了一位律师，布塞法鲁斯博士。他的外表不大让人想得到，他曾是马其顿亚历山大大帝的战马。不过，如果对情况比较了解，还是会有所察觉的。我最近就看见，一个傻乎乎的法院杂役以赛马场下小赌注的常客的内行眼光，惊奇地盯着走在露天台阶上的这位律师，他正高高抬腿抬级而上，脚步声在大理石面上噔噔作响。

律师界基本赞成接纳布塞法鲁斯。大家不无惊讶地发现，布塞法鲁斯在当今的社会制度中处境艰难，再加上他在世界历史上的重要地位，他绝对值得我们善待。今天——谁也不能否认——伟大的亚历山大大帝已经不存在了。尽管有些人很会杀人；将长矛掷向宴席另一边的朋友，会这种本领的也大有人在；很多人觉得马其顿太狭小了，他们因此诅咒国父菲利普，可是没有人，没有人能带领大家去印度。虽然印度之门当时就遥不可及，但国王的宝剑划出了大门的朝向。今天，这些大门全都换了地方，修得更宽更高了；没有人指明它们的朝向；很多人手持宝剑，却只是为了将宝剑挥来舞去；想跟随他们的人，目光迷茫。

因此，或许最好就是像布塞法鲁斯这样，埋头读法典。他自由自在，肋腹两侧免受骑士大腿的挤压之苦，在静静的灯光下，远离亚历山大大帝征战的喧嚣，展卷捧读我们的古老书籍。

杨劲 译

Franz Kafka
Das erzählerische Werk

Ein Landarzt

乡村医生

我的处境十分窘迫：我必须即刻出行；一位重病人在十里开外的一个村子里等着我；猛烈的暴风雪席卷着我与他之间的广阔地带；我有一辆大轮子的轻便马车，正好适合于在我们的乡村大道上行驶；我身穿皮衣，提着手术包，已经站在院子里准备出发；却没有马，马。我自己的马在这个寒冬精疲力竭，昨天夜里死掉了；我的女仆正在村子里到处为我借马；可这毫无希望，我心里很明白，身边的雪越积越厚，我越来越举步维艰，茫然地站在那儿。女仆出现在门口，就她一个人，晃着手里的灯；当然，谁会在这种天气借出马来跑那么远的路？我在院子里来回走着；我一筹莫展；我神思恍惚，悻悻地往多年不用的猪圈的破门上踢了一脚。门开了，嘎吱嘎吱地摇来摆去。一股暖烘烘的气味扑面而来，像是马的体味。里面的一根绳子上晃动着一盏昏暗的厩灯。一个男人缩成一团,蹲在低矮的圈栏里,露出他那嵌着一双蓝眼睛的坦诚的脸。"要我套车吗?"他问道,四肢着地爬了出来。我不知该说什么,只是弯下腰,想看看猪圈里还有什么。女仆就站在我身旁,她说道:"连自己家里还有什么都不知道。"我俩笑了。"喂,老兄!喂,妹子!"马夫喊道,两匹马,两头膘肥体壮的牲口,腿紧贴着身体,像模像样的脑袋骆驼一般低垂着,完全靠身体扭动的力量,才先后从那个被它们的身体塞得满满的门洞里挤了出来。它们马上站直了,腿很长,浑身冒着热气。"帮帮他吧!"我说道,听话的女仆赶紧跑过去给马夫递套车的辔具。她刚一走近,马夫就抱住了她,把脸贴到她的脸上。她尖叫一声,逃回我身边;她的脸颊上印着两排红红的齿印。"你这个畜生!"我怒吼道,"你是不是想挨鞭子了?"但我随即意识到,我根本不认识他;也不知道他来自何方,现在谁也不肯帮忙,他却主动雪中送炭。他似乎明白我的心思,对我的威胁并不介意,忙着套马,末了才转向我,说道:"您上车吧!"果真:一切准备就绪。我发现这辆车真漂亮,我还从未坐过这么好的马车呢,就高高兴兴地上了车。"不过得我来驾车,你不认识路。"我说。"这是当然,"他说道,"我根本就不跟你去,我留在这儿。""不。"罗莎喊道,跑进了房子,确实预感到自己已难逃厄运;我听见她当啷一声套上门门链;听见门锁啪的一声撞上;我看见她飞快地穿过走廊和一个又一个房间,熄灭了所有的灯光,以防被找到。"你同我一道走,"我对马夫说,"否则我就不去了,不管这有多紧急。我从未想过走这一趟得以这个姑娘为代价,得把她给你。""驾!"他说,拍了拍手,马车应声疾驰,宛如被冲入激流的木头;我还听得见在马夫的凌厉攻势下,我的房门猛地被撞开,裂成碎片,接着,我的眼里和耳里全是穿透所有感官的风驰电掣。这也不过是一刹那的功夫,因为我已经到了,仿佛我的院门前径直就是我的病人的院子;两匹马静静地站着;雪停了;院子里洒满了月光;病人的父母急急忙忙地跑出房子;后面跟着病人的姐姐;他们几乎是把我抬下了车;他们语无伦次,我什么都没听明白;病人房间里的空气简直令人窒息;无人照管的炉灶冒着烟;我会打开窗户的;可我想先看看病人。男孩瘦骨嶙峋,没有发烧,不冷,不热,两眼无神,没有穿衬衫,盖着鸭绒被,坐起身来,搂住我的脖子,轻声耳语道:"大夫,让我死吧。"我四下里看了看;谁也没听到;他的父母默默站着,探身静候我的诊断结果;他的姐姐拿过来一把椅子让我放手提包。我打开提包,在器械中翻找着;男孩不断从床上向我摸索过来,想提醒我别忘了他的请求;我取出一把镊子,就着烛光检查了一下,又放了回去。"是啊,"我亵渎神明地思考道,"多亏神的帮助,送来了短缺的马,由于情况紧急,还多给了一匹,额外还送了一个马夫——"我这才又想起了罗莎；我怎么做，我如何救她，我离她十里之遥，拉车的马不听我使唤，我如何能把她从马夫身下拽出来？就是这两匹马吗？它们不知怎的松开了缰绳；不知怎的从外面撞开了窗户；各从一扇窗户探进头来，根本不理会家人的喊叫，注视着病人。"我马上回去。"我想道，仿佛这两匹马在催促我动身，可我还是听任病人的姐姐替我脱掉皮衣，她认为我是热迷糊了。老人为我端来一杯罗姆酒，敲了敲我的肩膀，似乎献出这心爱之物，就可以对我有这种亲昵举动。我摇摇头；如果认同老人的狭隘想法，我会觉得很难受的；完全是由于这个原因，我拒绝喝这杯酒。母亲站在床边，引诱我过去；我走过去，正当一匹马朝向屋顶高声嘶鸣时，我把头贴在男孩的胸口上，我的湿胡须使他瑟瑟发抖。我的想法得到了证实：这个男孩很健康，只是血液循环不太顺畅，无微不至的母亲给他灌了太多咖啡，他其实很健康，最好把他一脚踢下床来。我并非社会改造者，就让他继续躺着。我是区里委派的医生，恪尽职守，甚至超乎于此。我的报酬很低，但我对穷人慷慨解囊，乐善好施。我还得养活罗莎，这么一想，男孩说得对，我也想死呢。在这没有尽头的冬天，我来这儿干吗呀！我的马死了，村子里谁也不愿把自己的马借给我。我不得不从猪圈里拉出一驾车来；要不是猪圈里刚好有马，我就得靠母猪拉车了。就是这样。我向这家人点点头。他们一无所知，即便知道也不会相信的。开处方是件容易事，而除此之外，还与这些人沟通就很困难了。行，我的出诊就算结束了，又让我白跑了一趟，对此我已习以为常，全区的人都半夜三更来按门铃折磨我，这次我还不得不付出罗莎这个漂亮姑娘，她在我的房子里住了好几年了，我没怎么注意过她——这牺牲太大了，而现在已经到了这个地步，我不得不暂时绞尽脑汁想开一些，以免对这家人大发雷霆,他们反正不会把罗莎还给我。然而,正当我关上提包,挥手要我的皮衣时,全家人站在一块儿,父亲闻着手中那杯罗姆酒,母亲恐怕是对我感到失望了——是啊,这些人到底指望什么呢?——眼泪汪汪地咬着嘴唇,姐姐晃着一块血淋淋的手帕,这时不知怎的,我已准备好在一定情况下承认,男孩可能是病了。我走向他,他朝我微笑,仿佛我给他带来了灵丹妙药——哎,两匹马这时嘶鸣了起来;这叫声恐怕是上天安排的,为的是帮我诊断——,我发现了:是的,男孩有病。他的右侧臀部裂开了一个掌心大的伤口。玫瑰红色,但各处深浅不一,中间颜色深,越往边上颜色越浅,呈小颗粒状,还有东一块西一块的淤血,像露天矿一样裸露着。这是远观。近看就更严重了。谁看见了,能不倒抽一口冷气?一堆虫子,和我的小指一般长一般粗,玫瑰红的身体还沾满了血,它们待在伤口中心,白色的小脑袋,密密麻麻的小腿,正往亮处蠕动着。可怜的孩子,你没救了。我找到了你的大伤口;你就要毁在这侧身体的这朵奇葩上。家人见我在检查病人,大为高兴;姐姐告诉母亲,母亲告诉父亲,父亲告诉几位客人,他们正踮着脚,张开双臂以保持平衡,披着月光走进敞开的院门。"你会救我吗?"男孩哽咽着低声问道,完全被伤口中那蠕动的一团弄晕乎了。我这个地区的人们就是这样的。总是向医生们要求力所不及的事。他们已经失去了旧信仰;牧师坐在家中,撕着一件又一件弥撒服;医生凭他动手术的纤弱之手,却应当无所不能。好吧,随他们的便;我不是毛遂自荐来的;如果你们要我越俎代庖尽神职,我姑且听之任之吧;我,一位老乡村医生,连女仆也被抢走了,还指望什么更好的下场呢!他们来了,家人以及村子里的长老们,他们脱掉我的衣服;一位教师领着学生合唱队站在房前,唱了起来,曲调特别简单,歌词是这样的:

> 脱他的衣服,他就会治病,
> 他若不治,就把他处死!
> 他不过是个医生,不过是个医生。

接着,我的衣服被脱光了,我用手指捋着胡须,我偏过头去,静静地看着这些人。我镇定自若,胜过在场的所有人,并保持着这种从容,尽管这无济于事,因为他们正抓着我的头和脚,把我抬上了床。他们把我放在面朝墙壁、挨着伤口的那一侧。然后,人们全都走出屋子;门关上了,歌声停了下来;云朵遮住了月亮;被子温暖地盖在我身上;马脑袋在窗口忽隐忽现。"你知道吗,"我听见病人在我耳边说,"我对你的信任少得很。你也不过是碰巧被扔在这儿了,又不是自己走来的。你不帮我,反倒来挤我临终的床榻。我恨不得把你的眼睛挖出来。""不错,"我说道,"这是一种耻辱。可我是医生啊。

我该做什么？相信我，我也不容易。""我应当对这样的道歉感到满意吗？咳，我恐怕只能这样。我总是不得不表示满意。我带着一个美丽的伤口来到世上；这就是我的全部装备。""年轻的朋友，"我说道，"你错就错在只盯着自己的伤口。而我，我去过远远近近的所有病房，可以告诉你：你的伤口没那么严重。是斧子的尖角砍了两下造成的。许多人不大听得见树林里的斧子声，更听不到斧子在靠近他们，就傻乎乎地等着挨砍。""真是这样吗，还是你趁我发烧哄骗我？""真是这样，你就当这是一位官方医生以名誉担保的话吧。"他听进去了，安静了下来。我现在却该考虑如何救自己了。两匹马还忠实地站在原地。我将衣服、皮衣和提包匆匆收拾起来；我不愿因为穿衣服而停留片刻；两匹马像来的时候一样急不可待，我仿佛是从这张床跳到了自己的床上。一匹马驯顺地从窗口往后退，我把收拾好的那包东西扔到车上；皮衣飞出老远，惟独一只袖子挂在了一个钩子上。这就够好了。我飞身上马。缰绳松松地拖曳着，两匹马几乎没有套在一块儿，马车乱打转，后面还拽着雪中的皮衣。"驾！"我说道，马却没有扬蹄飞奔；我们像老人一样缓缓地穿过冰雪荒原；我们身后久久回荡着孩子们的那首新歌，而歌词与实情大相径庭：

欢呼吧，病人们，
医生被抬上床来陪你们！

这样下去，我永远回不了家；我的生意兴隆的诊所完了；一个接班人在抢我的生意，可这没用，因为他代替不了我；那混蛋马夫在我的房子里胡作非为；罗莎成了他的牺牲品；我不愿再想下去了。驾着尘世的车，非尘世的马，我赤身裸体，遭受着这最不幸时代的冰雪肆虐，我这老头子四处飘荡。我的皮衣挂在马车后面，我却够不着它,我那手脚灵便的病人中谁也不愿动一下手指头。上当了!上当了!一次听信了深夜骗人的铃声——就永远无法挽回。

王炳钧 译

Franz Kafka
Das erzählerische Werk

Ein Landarzt

在马戏场顶层楼座

如果马戏场上有个荏弱并且患有肺痨的马术女演员骑在脚步不稳的马上,在不知疲惫的观众面前,被冷酷的团主挥鞭驱赶着,经年累月不歇息地绕圈跑,她身穿紧身衣,飞骑而过,抛着飞吻,全身颠簸着,如果这表演在乐队和通风机不停的喧闹声中,向着不断张开的灰暗的未来一直继续下去的话,伴着无异于汽锤的掌声的起落,那么,说不定有个坐在看台顶层的青年观众会沿着长长的楼梯穿过所有的席位跑下来,冲入马戏场,大喊一声:停!他的声音穿透配合着表演的乐队号角声。

然而因为事情不是这样,而是拉幕人穿着号衣,神采飞扬地拉开帷幕,一个脸色红润皮肤白皙的漂亮女孩飞奔入场,马戏团主以全心效劳的态度追随着她的目光,在她面前驯服得像只忠心的动物对她喘着气,他小心翼翼把她托上了圆斑灰白马,就好像他最亲爱的孙女将踏上危险的征途,挥鞭催马之前他迟疑不决,最终抑制自己打出一声响鞭,他张着嘴跟在马的旁边跑,密切注视着女骑手的跳跃,简直不明白她如此高超的表演艺术是怎么来的,他用英语喊叫着,要她小心,又怒气冲冲地提醒拿着圈的小厮要注意,在表演危险的腾空翻身绝技时,他对乐队高举双手,示意停止奏乐,最后把这小女孩从颤抖着的马背上扶下来,亲吻她的双颊,观众的欢呼声再热烈他都嫌不够,这时,她被他撑着,在尘土飞扬的场地上踮起脚尖,张开双手,可爱的头向后仰去,要同整个马戏场内的人分享她的快乐,——因为事情是这样,坐在看台顶层的那位观众就把脸靠在栏杆上,当表演者退场时,他犹如身陷噩梦,不知不觉地哭泣起来了。

谢莹莹 译

** Franz Kafka **
Das erzählerische Werk

Ein Landarzt

在法的门前

在通往法的大门前站着一个守门人。有一个从乡下来的人走到守门人跟前,求进法门。可是,守门人说,现在不能允许他进去。这人想了想后又问道,那么以后会不会准他进去呢。"这是可能的,"守门人说,"可是现在不行。"由于通往法的大门像平常一样敞开着,而且守门人也走到一边去了,这人便探头透过大门往里望去。守门人见了后笑着说:"如果你这么感兴趣,不妨不顾我的禁令,试试往里闯。不过,你要注意,我很强大,而我只不过是最低一级的守门人。里边的大厅一个接着一个,层层都站着守门人,而且一个比一个强大,甚至一看见第三道守门人连我自己都无法挺得住。"这个乡下人没有料到会遇上这样的困难;照理说,法应该永远为所有的人敞开着大门,他心里想道。但是他眼下更仔细地端详了这个身穿皮大衣的守门人，看看那个又大又尖的鼻子，又望望那把稀稀疏疏又长又黑的鞑靼胡子，便打定主意，最好还是等到许可了再进去。守门人给了他一只小凳子，让他坐在门边。他就坐在那儿等待。一天又一天，一年又一年。他磨来磨去，希望让他进去，求呀求呀，求得守门人都皮了。守门人常常也稍稍盘问他几句，问问他家乡的情况和许许多多其他的事情，但这都是些不关痛痒的问题，就像是大人物在询问似的。说到最后，守门人始终还是不放他进去。这乡下人为自己出这趟门准备了许多东西，他不管东西多么贵重，全都拿了出来，希望能买通守门人。守门人一次又一次地都收下来了，但是，他每次总是说："我收下这礼物，只是为了使你不会觉得若有所失。"在这许多年期间，这人几乎从不间断地注视着这个守门人。他忘了还有其他守门人，而这第一个似乎成了他踏进法的门的惟一障碍。开头几年里，他大声诅咒命运的不幸。到了后来，他衰老了，便只能喃喃嘀咕了。他变得孩子气，长年累月的观察甚至使他跟守门人皮衣领子上的跳蚤也混熟了，他也求那些跳蚤帮他去说服守门人。最后，他的目光变得模糊不清了，他不知道是自己周围真的越来越黑暗了，还是他的眼睛在捉弄他。但是，就在这黑暗里，他却看到了一道光芒从法的大门里永不休止地射出来。如今，他就要走到生命的尽头了，弥留之际，这些年来积累的所有经验，凝聚成一个他从未向这个守门人提出过的问题。他挥手叫守门人到跟前来，因为他再也无法直起自己那僵硬的躯体了。守门人只好深深地俯下身子听他说话，因为躯体大小变化的差别，已经非常不利于这乡下人了。"你现在到底还想问什么呢？"守门人问道，"你真贪心。""人人不都在追求着法吗，"这人回答说，"可是，这许多年来，除了我以外，怎么就不见一个人来要求踏进法的大门呢？"守门人看到这个人已经筋疲力尽,而且听觉越来越坏,于是在他耳边大声吼道:"这儿除了你,谁都不许进去,因为这道门只是为你开的。我现在要去关上它了。"

韩瑞祥 译

Franz Kafka
Das erzählerische Werk

Ein Landarzt

一页陈旧的手稿

我们似乎大大疏忽了捍卫国土。我们对此一直漠不关心,忙自己的事去了;最近一段时间发生的桩桩事却令我们忧虑。

我在皇宫前的广场上有一间鞋铺。天刚蒙蒙亮,我一打开店铺,就看见通向广场的所有街口都站满了荷枪实弹的士兵。但他们并非我们的士兵,显然是来自北方的游牧人。我不明白他们怎么就长驱直入,攻到了京城,京城离边界远得很呢。反正他们就在那儿了;人数似乎与日俱增。

他们按自己的生活习惯,露营而居,因为他们讨厌房屋。他们忙着磨剑、削箭、练习骑马。他们把这个安安静静,总是被小心翼翼地保持整洁的广场变成了一个真正的马厩。我们虽然有时试图冲出店铺,至少将最恶心的垃圾清除掉,却越来越少这样做了,因为我们的辛劳于事无补，而且我们这样做冒着很大的危险，可能会被野马踢伤或遭鞭子抽打。

与游牧人交谈是不可能的。我们的语言他们不懂，而他们几乎没有自己的语言。他们互相交谈时就像一群寒鸦。寒鸦的聒噪声不绝于耳。他们不明白也根本不在意我们的生活方式、我们的社会机构。因此，他们对任何一种手势都不屑一顾。你就是把下巴颏儿点得脱了臼，把手比划得错了位，他们还是没明白你的意思，而且永远也不会明白。他们经常扮鬼脸；接着，翻白眼，吐白沫，其实他们做这种表情，既不是要表达什么意思，也不是要吓唬人；他们这样做，完全是习惯使然。他们需要什么就拿什么。不能说他们使用暴力。还没等他们采取行动，人们就已拱手相让。

我的储存他们也拿了不少。可我没什么可抱怨的，比如我亲眼看见对面那个卖肉的是什么遭遇。他刚把肉摆出来，就被一抢而空，被游牧人狼吞虎咽地吃光了。他们的马也吃肉；屡见不鲜的是，一个骑兵躺在他的马旁，人马各咬一头，共食一块肉。卖肉的很胆小，不敢中断供肉。可我们十分理解他的苦衷，一起凑钱支援他。游牧人要是没肉可吃，谁知道他们会干出什么事来；即便他们天天有肉吃，又有谁知道他们会干出什么事来。

最近，卖肉的屠夫寻思着，他起码不必费劲屠杀了，于是，早上就牵来一头活牛。他可千万别再这样做。我在我的铺子后面躺了将近一个钟头，平躺在地上，把我所有的衣服、被单和床垫都堆在身上，只是为了堵住耳朵，免得听见那头牛不停的吼叫，游牧人将它团团围住，扑向它，用牙从它热腾腾的身上咬下一块又一块肉。这喧嚣平息了好半天，我才敢走出门去；他们疲惫地躺在那头牛的残骸四周，仿佛醉倒在酒桶周围的酒鬼。

就在那时，我觉得看见了皇帝本人就在皇

宫的一扇窗户旁；平时他从不到外宫，一直只住在最里层的花园里；这时，他却站在那儿，至少我这样觉得，他就站在一扇窗户旁，低垂着头注视着就在他的宫殿前发生的喧嚣。

"这样下去怎么收场？"大家你问我，我问你，"这些负担和折磨，我们还要承受多久？皇宫招引了游牧人，却不知该如何把他们赶走。皇宫的门紧闭；皇宫的卫队以前总是迈着正步庄严地走出走进，现在却守在安了铁栅栏的窗户后面。拯救祖国的任务交给了我们这些手艺人，我们这些买卖人；我们可担当不起这个重任；我们也从来没有吹嘘过自己有这本事。这是一个误会，我们因此走向灭亡。"

杨劲 译

Franz Kafka
Das erzählerische Werk

Ein Landarzt

豹与阿拉伯人

我们在绿洲上宿营。旅伴们都睡了。一个阿拉伯人,个子高高的,穿着一身白,走过我身旁;他喂好了骆驼,走向睡觉的地方。

我仰面躺倒在草地上;我想睡觉,却睡不着;远处传来豺的哀嚎声;我重又坐起。刚才听起来还那么遥远,突然近在眼前。一大群豺将我团团围住;它们眼中闪烁着黯淡的金光;细长的身躯仿佛在受鞭笞,敏捷而有节律地扭动着。

从我背后走出一只豺,他从我的臂下钻过,紧贴着我,似乎需要从我这儿取暖,然后走到我面前,几乎与我四目相对,说道:

"我是这一带岁数最大的豺。能在这儿欢迎你,我深感荣幸。我都快不抱希望了,因为我们等你等得太久了;我的母亲等过,我母亲的母亲等过,上至各代母亲,一直到所有豺的始祖母。请相信我!"

"我感到很惊异。"我说道，忘了点燃身旁准备好的木棒，木棒的烟可以驱散豺。"听你这样说，我很惊异。我从北部高地来到这里，纯属偶然，我在做一次短期旅行。你们究竟有什么事呀，各位豺？"

我的这席话可能太友好了，似乎给它们壮了胆，它们把我围得更紧了；所有的豺都急促地喘着气，呼哧作响。

"我们知道，"那头最老的豺开腔了，"你来自北方，正因如此，我们对你寄予希望。北方是理智之地，而这儿，阿拉伯人根本没有理智。你知道，从他们冷酷的傲慢里激不出一点理智的火花。他们为了吃肉，屠杀动物，对动物的腐尸不屑一顾。"

"别那么大声，"我说，"阿拉伯人就睡在附近。"

"你真是个外地人，"这只豺说，"否则你就该知道，从古至今，从来没有豺怕过阿拉伯人。

难道我们应当怕他们？我们落到与他们为伍，难道还不够惨吗？"

"可能是的，可能是的，"我说，"我对与己无关的事不愿妄加评论；看来这场争端由来已久；恐怕已根深蒂固地溶入了血液；或许也只有血流尽，才能了结。"

"你真聪明，"老豺说；众豺们喘息得更急促了；仿佛在疲于奔命，肺部拉风箱似的，其实它们站着一动不动；从它们张开的嘴里喷出一股臭味，我必须不时地咬紧牙关才能忍受，"你真聪明；你的话与我们的古老教义一个样。我们吸干他们的血，争端也就了结了。"

"哦！"我不由得粗声嚷道，"他们会反抗的；他们会用猎枪把你们全打趴下。"

"你误会了我们的意思，"它说，"你是按人的思维理解的，看来北方高地的人也难免这样想。我们不会要他们的命。否则，我们跳进尼罗河也洗不清这污秽。只要一看见他们活生生的身体，我们就跑得远远的，跑向比较纯净的空气，跑向沙漠，因此，沙漠是我们的家乡。"

这时，从远方又跑来了许多豺，加入到围成一圈的豺中，它们全都把脑袋耷拉在两条前腿之间，用爪子摩挲着；它们像是在掩饰某种憎恶，这憎恶太可怕了，我真想纵身一跃，逃出它们的包围圈。

"那你们打算做什么？"我问道，想站起身；却站不起来；两只小豺在我身后紧紧咬住了我的外套和衬衣；我只好继续坐着。"它们噙着你的后襟，"老豺一本正经地解释道，"这是表示尊重。""它们应当放开我！"我喊道，一会儿看看老豺，一会儿转向小豺。"它们当然会放开的，"老豺说，"如果你这样要求的话。不过要稍稍等一会儿，因为它们按照礼节，咬得太深了，得先慢慢松开牙齿。趁这会儿，你听听我们的请求吧。""你们的这种行为让我有些难以接受，"我说。"我们很笨拙，你别见怪，"他说道，头一次用上了他那天然嗓音里的诉苦腔,"我们是可怜的动物,我们只有牙齿;不论我们想做什么,好事和坏事,我们都只有牙齿可用。""那你想做什么呢?"我问道,口气只稍微温和了一点。

"先生,"他喊道,众豺齐声嚎叫起来;叫声飘到遥远的天边,宛如一段旋律,"先生,你应当结束这场将世界一分为二的争端。我们的祖先已经描绘出来了,你就是做这事的人。我们必须从阿拉伯人那儿获得和平;获得可以呼吸的空气;清除了他们,举目四望,一直远眺到天际;不会再听到羊儿被阿拉伯人宰杀时发出的惨叫;所有牲畜都应当老死而终;等它们死了,我们就吸其血,噬其骨,将残骸打扫得一干二净。纯净,我们想要的就是纯净,"——这时,众豺在流泪,抽泣——"你这么高贵的心,可爱的肺腑,怎么忍受得了世上有这种人? 他们的白衣服脏兮兮;他们的黑衣服脏兮兮;他们的胡子脏得吓死人;他们的眼角令人作呕;他们一抬起胳膊，就露出黑乎乎的腋窝。所以，哦先生，所以，哦亲爱的先生，劳驾你无所不能的手，劳驾你无所不能的手，拿起这把剪刀，割断他们的喉咙吧！"说着，他一摆头，随即过来一只豺，它的一个牙齿上挂着一把锈迹斑斑的缝纫小剪刀。

"终于亮出剪刀了，到此为止吧！"我们旅行队的阿拉伯领队喊道，原来他顶着风悄悄溜到了我们身旁，边喊边挥舞着手中巨大的鞭子。

众豺四散奔逃，没跑多远却站住了，紧靠着蹲在一块儿，那么多的动物纹丝不动地紧挨着，看上去仿佛一道窄窄的栅栏，周围飞舞着荧荧鬼火。

"先生，这回你耳闻目睹了这出戏。"这个阿拉伯人一边说一边开怀大笑，已经有违他的民族的矜持。"那你知道这些动物想干什么了？"我问。"当然，先生，"他说，"这是众所周知的；只要有阿拉伯人，这把剪子就会在沙漠中漫游，会一直追随着我们，直至我们的生命终结。这把剪子被提供给每个欧洲人,以便他完成大业,在它们眼里,任何一个欧洲人都是来完成这项使命的。这些动物抱着多么荒唐的希望;它们是傻子,地地道道的傻子。我们因此爱它们;它们是我们的家犬;比你们的家犬更漂亮。你看,今晚死了一头骆驼,我已经让人把它拖过来了。"

四个人拖着沉重的死骆驼走了过来,将它扔在了我们面前。尸体刚一放下,众豺就嚎叫起来。每只豺都像是被绳子拽着,挣也挣不脱,它们一步一顿,肚皮贴着地,爬上前来。什么阿拉伯人,什么累世仇恨,都已忘得一干二净,面前这具散发着臭气的死尸抹去了它们的所有记忆,使它们心醉神迷。一只豺已经扑在了骆驼脖子上,第一口就咬住了动脉。骆驼的每块肌肉都在被撕扯着,都在抽搐着,就像一个急遽奔流的水泵徒劳地试图扑灭一场冲天大火。顷刻间,众豺已趴在尸体上,忙着同样的事,它们层层叠叠,垒得高高的。

这时，领队扬起鞭子，金蛇狂舞般在它们身上狠抽。它们抬起头；还沉迷其中，迷迷糊糊；看见阿拉伯人站在面前；嘴巴和鼻子上这才感觉到了鞭打的疼痛；跳着撤了回去，往后跑了一截。可是，骆驼的血已经流了好多摊，还在热腾腾地往外涌，尸体上好几处都裂开了大口子。它们抵挡不住这诱惑；它们重归原位；领队又扬起了鞭子；我一把抓住他的胳膊。

"你是对的，先生，"他说，"我们让它们干它们的本行吧；而且，我们也该上路了。你看见它们了。奇异的动物，对吧？它们多么恨我们啊！"

杨劲 译

在矿井的一次视察

Franz Kafka
Das erzählerische Werk

Ein Landarzt

今天,最高的工程师们来过我们井下。决策部门下达了某项任务,要求铺设新坑道,工程师们就来了,以便进行初步测量。他们多年轻啊,而且这么年轻就已各具特色!他们都是自由成长起来的,年纪轻轻,鲜明的个性就已无拘无束。

其中第一位,黑头发,很活泼,眼睛骨碌碌地到处瞧。

第二位拿着一个笔记本,边走边画图,东张西望,比较着,记录着。

第三位双手插在大衣口袋里,全身都显得紧绷绷的,笔挺地走路;保持着尊严;只是不停地咬着嘴唇,显露出跃跃欲试、按捺不住的朝气。

第四位向第三位做着解释,而第三位并没有要求他这样;他比第三位矮,像个有事相求的人，在第三位身旁一路跑着，食指总是伸向空中，似乎把这里所看到的一切都一一报告给第三位。

第五位，可能级别最高，不要任何陪同；时而在前，时而在后；一行人的步调都跟他保持一致；他面色苍白，身体羸弱；肩负的重任使他双目凹陷；他在沉思时，常常用手抵着额头。

第六位和第七位走路时微微弓着腰，他们头挨头，手挽手，亲密地交谈着；这儿若不明摆着是我们的煤矿，我们的工作地点若不是在这最深的坑道里，人们可能会以为，这两位瘦骨嶙峋、没有胡子、大鼻子的先生是年轻牧师。其中一位老是带着猫一样的呼噜声，暗自发笑；另一位也是笑眯眯的，也说着话，也用那只空出的手打着节拍。这两位先生对自己的地位一定有把握得很，他们想必年纪轻轻就已为我们煤矿做出了很大贡献，要不然，他们现在怎么能在如此重要的视察中，就在领导的眼皮底下，旁若无人地只谈着自己的事或至少与眼前的任务无关的事。或者，他们虽然嘻嘻哈哈，心不在焉，可能把该注意的全都注意到了？对这种先生，人们不大敢下定论。

另一方面，毫无疑问的是，比如第八位就比刚才那两位，可以说比所有其他先生都认真多了。他什么都要摸一摸，用一把小锤子敲敲，他一再把锤子从口袋里拿出来，又老把它放回去。有时，他不顾考究的衣服，一下子跪在脏兮兮的地上，敲敲地，然后又是一边走一边敲敲墙壁或头上的坑顶。有一次，他直挺挺地趴下，趴在那儿一声不响；我们都以为出事了；可他的瘦长身子稍稍一缩，一跃而起。原来他又仅仅是做了一次调查。我们自以为对我们的煤矿和矿石了如指掌，然而，这位工程师以这种方式不停地在调查着什么，这我们就弄不明白了。

第九位推着一辆童车，车里放着测量仪器。

这都是极其贵重的仪器，包在十分细软的厚棉花里。这车原本应当是杂役推的，但他们信不过杂役；只好让一位工程师来推，他看上去还挺乐意干这事。他可能是最年轻的，可能还根本不懂所有这些仪器，但他的目光一直没离开这些仪器，以至于好几次险些把车推得撞到墙上。

另外还有一位工程师，他一路在车旁走着，防止车撞墙。他显然很精通这些仪器，像是真正的仪器保管员。他并不让车停下，时不时地取出仪器的一个部件，察看个遍，拧开或是拧紧螺丝，摇一摇，敲一敲，拿到耳边，侧耳细听；这时，推车的多半把车停住，他终于把这个从远处几乎看不见的小东西，小心翼翼地重又放进车子。这位工程师有点霸道，这不过只是就仪器而言。离车还有十步远，我们就应当按手指无言的示意闪开，即便有的地方根本无处避让。

走在这两位先生之后的，是无所事事的杂

役。先生们那么博学，自然早已放下了架子，杂役倒像是端起了架子。一只手放在背后，另一只手在前面摸着制服的镀金纽扣或质地精细的布料，频频向左右点头，似乎我们向他问好了，他也就点头致意，或者他以为我们向他问好了，可他堂堂一杂役，怎么能去核实这种事。我们当然没有向他问好，但看他这副神气，真会以为他当煤矿决策部门的杂役，也是了不得的。他一走过去，我们自然就要笑，不管我们怎样笑，就是一个响雷也不能使他转过身来，他显得深奥难解，这使我们油然而生敬意。

今天没干多少活儿；中断的时间太长了；这样一次视察让大家根本没有心思干活。我们太喜欢目送先生们走向黑暗的试用坑道，看着他们的身影渐渐消失。一眨眼工夫，我们该换班了；我们就看不见先生们返回了。

杨劲 译

Franz Kafka
Das erzählerische Werk

Ein Landarzt

邻
村

我的祖父老爱说:"生命太短暂。在我现在的回忆中,生命缩成了一块儿,我简直难以理解,一个年轻人怎么能下决心骑马去邻村而不担心,要骑这样一段路——且不说路上可能发生不幸——,就连正常的、幸福度过的一生也远远达不到。"

杨劲 译

Franz Kafka
Das erzählerische Werk

Ein Landarzt

家父的忧虑

有些人说,"俄德拉代克"这个词源于斯拉夫语,因此他们试图在斯拉夫语中查明它的构成。另外一些人认为,这个词出自德语,斯拉夫语只是对它有所影响。这两种说法都不确切,由此可见,两种都不对,尤其因为靠它们发现不了这个词的任何含义。

如果不是确有其物——它叫俄德拉代克——存在,当然没有人会去搞这种研究。乍一看,它像个扁平的星形线轴,又像是缠上了线的;即便如此,也只会是扯断了、接在一块儿、乱作一团的旧线头,质地不一,颜色各异。它却不仅是个线轴,从星的中央伸出一个小横条,右上角还有一个小横条。后一个小横条在一边,星星射出的光芒在另一边,这样,整个身体就能够直立,仿佛支在两条腿上。

或许有人会认为,这个形体以前可能有实

际用途，现在不过是被砸烂了。似乎又并非如此，至少找不到这种迹象；在它身上看不到任何附加或断裂的部位，暗示以前可能是另一副模样；它的身体尽管很怪诞，却也自成一体。更详细的情况我们并不了解，因为俄德拉代克特别敏捷，人们逮不住它。

它不断变换住处，阁楼上，楼梯间，走廊里，过道上。有时候，好几个月都见不到它；它多半是迁居到别的房子去了；然后它必定又会回到我们的房子。有时出门时，见它正倚在下面楼梯扶手上，就想和它聊聊。当然不会给它提很难的问题，大家对待它就像对小孩一样——因为它的身体那么一丁点儿大。"你到底叫什么？"人们问它。"俄德拉代克。"它说道。"那你住在哪儿？""居无定处。"它一边说一边笑；这种笑声，没有肺的人才发得出来。这笑声听起来恍若落叶的沙沙声。交谈多半到此为止。就连这两句回答也并非总能得到的；它常常沉默良久，仿佛一截木头,而它看上去也像木头。

  我徒劳地问自己,它将会怎样。它会死吗?所有会死的事物生前一定有个目标,有种作为,这样它才能消耗生命;俄德拉代克却不是这样。有朝一日,它不就会拖着长长的合股线滚下楼梯,滚到我的孩子和我的孩子的孩子的脚边?它显然不会伤害任何人;但一想到它可能活得比我还长久,我几乎感到痛楚。

杨劲 译

Franz Kafka
Das erzählerische Werk

Ein Landarzt

十一个儿子

我有十一个儿子。

老大其貌不扬,却稳重而聪颖;不过,我并不很器重他,尽管作为父亲,我爱他像爱所有其他孩子一样。我觉得他的头脑过于简单。他不左顾右盼,也没有远见,就在自己的狭隘想法里不停地兜圈子,甚至就在原地打转。

老二长得一表人才,身体修长,体格匀称;看他击剑,真是赏心悦目。他也很聪颖,不仅如此,还很练达世情;他见多识广,因此,就连家乡的人都宁愿和他交谈,而不是和一直待在家乡的人。这个优点不只,甚至根本上并非得益于旅游,毋宁说,它属于这个孩子的无人企及之处,比如,谁要想模仿他跳水的动作,就会承认这一点,他跳水时能翻好几个跟斗,动作疯狂而又稳健。模仿者的勇气与兴致只够走到跳水板顶端,然后他不往下跳,而是突然坐下了，抱歉地举起双臂。——尽管如此（我本应为这样一个孩子感到欣慰的），我与他的关系并不是毫无阴影的。他的左眼比右眼略微小点儿，不住地眨巴着；这只是白璧微瑕，他的脸甚至因此显得更帅气了，而且，人们面对他的卓尔不群难以望其项背，谁也不会挑剔他那只眨巴着的小眼睛。而我，他的父亲，挑剔它。使我难过的当然并非这个身体缺陷，而是他在精神上与之相应的轻微失衡，在他的血液里胡碰乱撞的某种毒素，他的某种无能，使他无法将自己生命中只有我才看得出来的天资发挥得尽善尽美。另一方面，这点恰恰又使他成了我的真正的儿子，因为他的这个缺陷也是我们全家的缺陷，只不过在这个儿子身上表现得尤其明显。

老三也很漂亮，但并非我所喜欢的漂亮，而是歌手的漂亮；曲线优美的嘴唇；如梦似幻的眼睛；脑袋后面需要褶纹作衬托；高高隆起的胸脯；双手动不动就举起，动不动就放下；双腿立不稳，直颤悠。而且，他的嗓音并不圆润，能迷惑一时半会儿，引起内行的注意，但随即就底气不足了。——尽管总体上到处都是诱惑，鼓动我炫耀这个儿子，我还是宁愿将他藏在家中；他自己倒也不硬要去出风头，可这并非因为他有自知之明，而是出于单纯。他也觉得与我们的时代格格不入；仿佛他虽是我们家的成员，却还属于另一个家庭，一个他已永远失去的家庭，他经常闷闷不乐，什么也不能使他高兴起来。

我的老四可能是所有儿子里最随和的。他真正是我们时代的产儿，大家都能理解他，他和所有的人都打成一片，大家不禁对他点头称是。或许由于这种普遍的赞许，他的性格比较随便，他的举止比较无羁，他的判断比较随意。他的一些言论被人反复引用，但只是一些而已，因为总体上，过于随便又是他的弱点。他就像一位高空跳跃者，令人赞叹地一跃而起，燕子般划破天空，最后却无可挽回地落在了荒凉的尘埃中，一事无成。这些想法使我一见到这个儿子就黯然神伤。

老五可爱而善良；不轻易许诺，但许诺必定兑现；他太不起眼，大家和他在一起时，都忘了他的存在；他却因此赢得了一定的声望。如果有人问我这是怎么回事，我也答不上来。或许纯真倒最容易穿透这个世界上万事万物的喧嚣，而他很纯真。可能过于纯真了。他对任何人都很和善。可能过于和善了。我承认：如果有人在我面前称赞他，我心里很不是滋味。如果称赞一个像我儿子这样的显然值得表扬的人，简直就是没把表扬当回事儿。

我的老六看上去像是——至少第一眼给人这种印象——所有儿子中最深沉的。垂头丧气却又夸夸其谈，因此是个难相处的人。当他处于劣势时，就会消沉得无法自拔；一旦他占了上风，就会以夸夸其谈来保持优势。我并不否认他有某种忘乎所以的激情；大白天，他经常陷入沉思，恍如置身梦境，步履维艰。他没病——他的身体棒得很呢——，有时却脚步踉跄，黄昏时尤其如此，可他不需要人搀扶，也不会跌倒。这可能是他的身体发育造成的，就他的年龄而言，他的个子太高了。这使他整个身体显得不漂亮，尽管他身体的个别部位漂亮极了，比如他的手和脚。而且，他的额头也不好看；不仅皮肤起皱纹，骨头也有些干瘪了。

老七可能比其他所有儿子更贴我的心。世人不懂得赏识他；他们不懂得他那独特的幽默方式。我并不高估他；我知道他微不足道；假若世人的过失仅仅在于不知道赏识他，这真是无可厚非。我在家里可不愿缺少这个儿子。他既给家里带来不宁，也带来对传统的敬畏，并将这两者结合成——至少我觉得是这样的——无懈可击的整体。面对这个整体，他却不知所措；他不会使未来之轮转起来；不过，他的这一天赋已经很振奋人心，很有希望了；我希望他有孩子，子子孙孙，繁衍下去。可惜这个愿望恐怕难以实现了。他怡然自得——这是我不理解也不愿看到的，与周围人的观念背道而驰——，一个人东游西逛，对姑娘们根本不理会，总是好心情。

我的老八让我头疼，我还真说不上是什么原因。他看我的目光就像我是个陌生人，而我觉得自己与他有着亲密的父子亲情。光阴荏苒，许多事变得容易承受了；以前一想到他，我有时就会浑身打战。他我行我素；断绝了与我的一切联系；凭着坚硬的头颅，敦实的身体——只是他小时候双腿很虚弱，不过现在恐怕已经发育均衡了——，不管去哪儿，他都一定能闯出一条路来。我时常想叫他回来，问他到底是怎么回事，问他为什么杳无音信，他这样做究竟意图何在，但他现在已经到了这个地步，而且已经过了这么久，姑且顺其自然吧。我听说，他是我的所有儿子里惟一蓄络腮胡子的；他那么小的个子，留络腮胡子肯定不好看。

我的老九风度翩翩，他的媚眼天生就是要勾女人的魂的，他的目光太迷人了，有时甚至我都会上钩，尽管我知道，其实只需要一块湿海绵就能拭去这层神奇的光辉。这个男孩的特别之处却在于，他根本无意于引诱任何人；能在长沙发上躺一辈子，将目光浪掷于天花板上，或者干脆闭目养神，他就很满足了。他这样心满意足地躺着时，就很健谈，谈得还不赖；精练而生动；不过，话题只限于狭窄的范围；一旦越出这些范围 —— 范围太狭窄，这也就在所难免 ——，他的话就变得空洞无物了。人们若是指望睡眼蒙眬的他还能看得见手势，一定会挥手叫他住口的。

我的第十个儿子被认为是表里不一的人。我既不想完全否认，也不想完全承认他的这个缺点。他的庄重远远超出他的年龄，他总是身穿扣得严严实实的小礼服，头戴虽旧却刷得一尘不染的黑礼帽,面无表情,下巴往前突出,肿眼皮沉甸甸地压在眼睛上,两个手指时不时地放到嘴边,——谁见他这样走过来,都肯定会想,这是个地地道道的伪君子。可是,听听他说话吧!明智;审慎;简洁;回答问题巧妙而生动;与整个世界保持着惊人、自然而又欢快的和谐;这种和谐必定会使人昂首挺胸,高视阔步。很多人自以为很聪明,并因此厌恶他的外表,却被他的言谈深深吸引了。另外一些人不介意他的外表,却觉得他的言谈很虚伪。我,作为父亲,不想在这里判定谁对谁错,但我必须承认,后一种判断者绝对比前一种更值得重视。

我的第十一个儿子很纤弱,恐怕是我的儿子里最弱的;可是,他的柔弱有种迷惑性;有时候,他能表现得十分强壮坚决,不过即便这时,他的柔弱终究还是根深蒂固的。这种柔弱不让人感到羞耻,惟有在我们这个地球上,才会觉得这是种柔弱。比如,鸟儿准备起飞时摇晃不定，扑扑振翅，不也很弱吗？我的儿子所表现出的就是类似情形。这当然不令做父亲的高兴；很明显，这意在毁灭这个家。有时候，他看着我，似乎想对我说："我会把你也带上，父亲。"我就想："我在这世上无依无靠了，才会依靠你。"他的目光像是又在说："但愿我至少是你最后的依靠。"

这就是我的十一个儿子。

杨劲 译

Franz Kafka
Das erzählerische Werk

Ein Landarzt

已经证明，谋杀是这样完成的：

施玛尔，谋杀者，在那个月光皎洁的夜晚，九点钟左右，藏在那个街角上，这是被害人韦瑟的必经之处，他得走出他的办公楼所在的小街，从这儿拐向他住的那条小街。

寒冷刺骨的夜风。施玛尔却只穿了件薄薄的蓝色上衣；短外套也没有扣上。他不觉得冷；他一直在活动。他的杀人凶器半似匕首半似菜刀，他一直将它紧紧攥在手中。对着月光瞧着刀；刀刃寒光闪闪；施玛尔还不满意；他举起刀劈向路面的石块，火花四溅；可能后悔了；为了弥补损失，他像拉小提琴一样在靴底来回拉抹刀刃，就这样单腿站着，身体前倾，一边听着刀在靴底发出的声响，一边注意着性命攸关的侧街的动静。

居民帕拉斯为什么听任这一切发生？他就

在近处，从三楼的窗户观察得一清二楚。探究一下人性吧！他竖起衣领，睡衣紧紧束住臃肿的身体，他摇着头，往下看。

离他有五幢房子远，跟他斜对着，韦瑟夫人身着睡衣，披了件狐皮大衣，正朝街上张望着，她丈夫迟迟未归，今天耽搁得真久。

终于，韦瑟的办公楼前响起了门铃声，铃声太响了，响彻城市，飘向夜空，韦瑟，勤勉的上夜班的人，走出了办公楼，路上看不见他，只有门铃声宣告他出来了；石板路上随即响起了他不紧不慢的脚步声。

帕拉斯将身子探出窗户老远，他可什么也不能错过。韦瑟夫人听见门铃声，当啷一声关上了窗户。施玛尔却跪下了；他身上只有脸和手是裸露着的，于是他把脸和手紧贴在石板上；天寒地冻，施玛尔浑身滚烫。

就在两条小街的分路处，韦瑟站住了，只将身体倚着的手杖挂在对面的街上。一时兴起，夜空吸引了他,夜空中的深蓝与金黄。他一无所知地凝视夜空,一无所知地稍稍掀起帽子,把头发掠到帽下;天空中没有出现任何迹象,向他启示即将到来的厄运;夜空中的一切保持着不可理喻、不可探究的原状。韦瑟继续往前走,这本身是合情合理的,可他走到了施玛尔的刀下。

"韦瑟!"施玛尔喊道,踮起脚,伸出胳膊,尖刀直刺过去,"韦瑟!尤丽亚白等了!"施玛尔往他脖子右戳一刀,左戳一刀,第三刀深深地扎进肚子。水耗子,被开膛,发出的声音和韦瑟很像。

"干完了。"施玛尔说,将刀子——这个沾满鲜血的累赘——扔到近旁的那幢房子前。"杀人万岁!让他人流血,多么轻松,多么舒畅!韦瑟,你这老夜游神,朋友,酒伴,你的滴滴鲜血渗入黑暗的石板路。你干吗不是一个血泡,那多简单,我只需往你身上一坐,你便消失得无影无踪了。不是一切愿望都实现了,不是所有的美梦都尽善尽美,你的沉重的身躯就躺在这儿,怎么踢你都已没有反应。你又何必提出无言的质问?"

帕拉斯,心乱如麻,打开两扇房门,站在那儿。"施玛尔!施玛尔!全看见了,什么都没漏掉。"帕拉斯和施玛尔互相审视着。这让帕拉斯感到满足,施玛尔脱不了身。

韦瑟夫人夹在一大群人中,匆匆赶来,她吓得脸顿时苍老了许多。身上的皮衣敞着,她扑倒在韦瑟身上,她那睡衣里的身体是属于他的,覆盖在这对夫妻身上的皮衣就像长满坟头的青草,它属于众人。

施玛尔,努力抑制住最后的恶心,嘴唇抵在警察的肩头,让他轻松地带走了。

杨劲 译

Franz Kafka
Das erzählerische Werk

Ein Landarzt

一个梦

约瑟夫·K做了个梦：

天气很好，K想散散步。可他刚走了两步，就已到了墓地。墓地上有很多精心铺设、迂回曲折、不便行走的小径，他却平稳地飘浮着，滑过一条这样的小径，就像滑过湍急的河流。他老远就看见一座新垒起的坟堆，想在那儿停下。这个坟堆对他几乎有种诱惑，他急不可待地想走近前去。有一阵儿，他几乎看不见这坟堆，坟堆被旗帜挡住了，旗帜翻卷着，猛烈地互相拍击着；看不见执旗杆的人，却仿佛听到那儿传来一片欢呼声。

当他仍将目光投向远处时，突然发现这座坟堆就在身旁的路边上，他差点儿走过了。他赶紧跳进草丛里。他往下跳时，脚下的路仍在飞奔，他一下子没站稳，恰好跪倒在这座坟堆前。坟堆后面站着两个男人，他俩把一块墓碑举在中间；K刚一出现，他们就把墓碑插进土里，墓碑立在那儿，就像砌上去的一样牢实。随即，灌木丛里又走出来一个男人，K一眼便认出这是位艺术家。他只穿着裤子和一件潦草扣上的衬衣；头戴一顶平绒帽；手里拿着一枝普通铅笔，一边走，一边就用铅笔在空中写画着。

就用这枝铅笔，他开始在墓碑上端写字了；墓碑很高，他根本用不着弯腰，但他探身向前，因为坟堆挡在他和墓碑之间，他又不愿踩在坟堆上。于是，他踮着脚，左手撑着墓碑。他用那支普通铅笔，凭着精湛的技艺，竟写出了闪金的字母；他写道："这儿安息着——"每个字母都很圆润漂亮，深深地镌刻在墓碑上，金光闪闪。他写到这儿时，回头看了看K；K正急切地等着看下文，没有去注意写字的人，只目不转睛地盯着墓碑。这人真的又开始写了，却写不下去，心里有什么疙瘩，他放下铅笔，又转身看着K。这次，K也看着艺术家，发现他面带窘色，却不能说出缘由。他先前的神气活现全不见了。见他这样，K也觉得很尴尬；他们彼此交换着无奈的目光；这是一个令人难堪的误会，他俩谁也消除不了的误会。这时，送葬乐队的小钟不合时宜地响了起来，但艺术家举起手挥了一下，钟声戛然而止。片刻之后，钟声又响起来；这次声音很轻，没有人提出特别要求，随即终止了；仿佛只是在试音。K为艺术家的处境感到十分难过，他哭了起来，久久地掩面而泣。艺术家一直等到K平静下来，决心不管怎样都继续写，因为他别无他法。他写出的第一笔对K是一种解脱，而艺术家显然是很违心地写出来的；字体也没那么漂亮了，不再闪金光，显得苍白无力，字母倒变大了。这是一个J①，这个字母都快写完了，艺术家突然怒气冲冲地一脚踩进了坟堆，坟堆的土四散飞溅。K终于明白了；已经来不及求他别写了；艺术家用十指刨土，土很

---

① J是约瑟夫（Josef）的起首字母。

松软;看来一切都已准备就绪;坟堆上只是铺了一层薄土做样子;刨开这层土,顺着陡直的坑壁,敞开了一个巨大的墓穴,K感到身后涌来一股柔和的气流,他一头坠入了墓穴。在下面,昂着头的他已被无底的深渊吞没,而在上面,墓碑上正龙飞凤舞地写着他的名字。

他为这番景象心醉神迷,梦醒了。

杨劲 译

一份致某科学院的报告

Franz Kafka
Das erzählerische Werk

Ein Landarzt

尊敬的科学院的先生们：

我十分荣幸应你们的要求，呈交一份有关我先前的猴子生涯的报告。

很遗憾，我无法真正满足你们的要求。我脱离猴子生涯已近五年，这段光阴从日历上看或许只是弹指一挥间，可是像我这样，纵马飞驰过了一天又一天，就觉得它无比漫长了。路途中时而有杰出人士的陪伴，时而有规劝、喝彩以及乐队的伴奏，但我根本上还是在孑然独行，因为所有的陪伴——说得形象些——都是远离栅栏的。我当时如果执意要坚守我的起源，抓住少年时代的回忆不放，就不可能取得今天的成就了。而放弃执著恰恰是我给自己定的最高戒律；我，一只自由的猴子，却给自己加上了这个约束。回忆因此而日渐渺茫。倘若人类愿意，我当时本可以通过天地之门返回过去，可是随着我不断被驱赶向前，这扇门也就变得日益低矮，日益狭窄；我在人类世界中感到更舒服、更安全；从我的过去刮来的那股追随着我的狂风，渐渐减弱；如今，它不过是吹拂着我脚后跟的一丝凉风；远方的那个洞口，风曾从中吹过，我曾从中钻出，但它已变得很小，即便我有足够的力量与意志跑回到这个洞口，要穿过去，也非得磨掉一层皮不可。直说了罢 —— 虽然我讲这些事喜欢用比喻 —— 你们先前的猴子生涯，我的先生们，只要你们曾经历过这种阶段，它距离你们不会比我的猴子生涯离我更遥远。可这段生涯抓挠着地球上每一位行走者的脚后跟：不论是小小的猩猩，还是伟大的阿喀琉斯[①]。

不过，在最狭窄的范围内，我或许能够回答你们的询问，而且乐意为之。我所学的第一件事是握手；握手表示坦诚；但愿今天，当我

[①] 阿喀琉斯，希腊神话中的英雄，刀枪不入，惟独脚后跟上有一处致命弱点，后导致他丧命。

的生命轨迹达到顶峰时,除了最初学会的握手以外,我还能说几句坦诚的话。对科学院来说,我的话并无崭新之处,与你们对我的要求相差甚远,我心有余而力不足,——不管怎样,这份报告应当勾勒出一只昔日的猴子闯入人类并在其中立足所走过的路程。尽管如此,我如果没有充分的把握,如果在文明世界的所有大杂耍剧院中的地位尚未达到稳若磐石的地步,就连下面这些微不足道之事,也绝对不敢说的:

我来自黄金海岸。至于被捕获的经过,我是从他人的报道中得知的。哈根贝克公司的一个狩猎探险队——顺便提一句,打那以后,我与探险队队长已喝光了好几瓶红葡萄酒——埋伏在岸边的树丛里,我们一群猴子傍晚时分去饮水,他们开枪了;我是惟一被击中的,挨了两枪。

一枪打在脸颊上;只是轻伤;却留下了一个光秃秃的大红疤,我由此而得名"红彼得"。这个名字很讨厌,根本名不符实,只有猴子脑袋才想得出,似乎我与那只刚刚丧命、小有名气、被驯服的猴子彼得的惟一区别在于,我脸上有这块红疤。这是题外话了。

另一枪打在臀部下面。这伤很重,以至于我现在走路还有点跛。不久前,我在一篇文章——成千上万捕风捉影的家伙在报纸上大放厥词,这也是其中一位——中读到:我的猴子本性还没有被完全抑制住;证据便是,每当参观者来到时,我总爱脱裤子,让大家看子弹射入的地方。真该用子弹把这家伙写字的手指一个个打掉。我,我想在谁面前脱裤子,就在谁面前脱,谁管得着;大家看到的不过是保养良好的毛皮和一块伤疤,一颗——为了特定的目的,我们选择一个特定的词吧,但愿不会引起误会——龌龊的子弹留下的伤疤。一切都明摆着;没什么好隐藏的;事关真相时,任何一位深明大义之士都会摈弃斯文的。而这位作者如果在客人面前脱裤子,那就另当别论了,他若不这样做,我愿视之为理性的表现。既然如此,这个惺惺作态的家伙就该少来对我评头论足!

我中弹后醒来——从这时起,我自己的记忆开始逐渐萌芽——,发现自己在哈根贝克轮船中舱的一个笼子里。这不是四面安铁栅栏的那种笼子;而只是三面如此,另一面钉死在一个木箱上;木箱就成了笼子的第四面墙。整个笼子太矮,我无法站直,太窄,我无法坐下。于是,我屈膝蹲着,膝盖抖个不停,我一开始大概因为不愿看见任何面孔,就面朝箱子,只想待在黑暗中,结果背后的铁条紧紧勒进肉里。人们认为,刚捕获到野兽时,把它们这样关起来很有益处,如今,以我的亲身体验来看,我不能否认,从人的角度来看也确实如此。

我当时却没这样想。我生平头一次没有了出路;至少不能往前;箱子就堵在我面前,木板一块挨一块钉得牢牢的。虽然木板之间有一条缝隙——我刚发现它时,欣喜若狂,还不可理喻地吼了起来——，可是，这条缝隙小得连尾巴都塞不进去，而且，我使尽猴子的力气也无法将它撑大。

后来人们告诉我，我当时闹腾得特别轻，人们由此推测：我要么很快就不行了，要么，如果能挺过最初这一段严峻时期，我会很容易被驯服。我挺过来了。忍气吞声，伤心地浑身找虱子，有气无力地舔椰子，用脑袋磕碰箱子，有人走近时就吐舌头——新生活刚开始时，我就在做这些事。无论我做什么，心中只有一种感觉：没有出路。当时身为猴子的感受，我现在当然只能用人类的语言来描述，因此难免走样，不过，即使我再也无法如实再现湮没已久的猴子生涯，我的描述至少没有与真相背道而驰，这是毋庸置疑的。

在此之前，我有过许多出路，现在却一条都没有。我走投无路了。即使把我钉起来，我的自由活动余地也不会比这时更小。原因何在？挠破脚趾间的肉，也找不到原因。背靠栅栏险些被勒成两半,也找不到原因。我没有出路,那我必须开辟一条,因为没有出路我就活不下去。一天到晚面对这箱子——那我肯定会完蛋。然而,哈根贝克汽船上的猴子都是面朝箱子的——行,那我不当猴子就是了。这个思路真是清晰美妙,肯定是从我肚子里孵出来的,因为猴子用肚子思考。

我担心人们没有确切理解我所指的"出路"。我用的是这个词最基本最完整的意思。我有意不用"自由"这个字眼。我并不是指这种伟大的面对四面八方的自由感。以前身为猴子时,我可能还了解这种感觉,我也认识一些渴望自由的人。至于我,我当时没有要求过,现在也不要求自由。顺便提一句:人类用自由来自欺欺人的实在太多了。正如自由属于人类最高尚的情感,与之相应的幻觉亦属此列。在杂耍剧院里,我登台演出前常常看见一对艺术家在屋顶的高秋千上忙活着。他们摆动身体,摇来晃去,飞腾跳跃，飘入对方的怀抱，互相咬着头发。"这也是人类的自由，"我想，"自鸣得意的运动。"这简直是对神圣的自然的莫大讽刺！猴子们若目睹这一幕，不把剧院笑塌才怪呢。

不，我不要自由，只要一条出路；往右，往左，随便哪边都行；我别无所求，即便出路到头来仅仅是个幻觉；要求不高，幻觉也就不很严重。我要出去，往哪儿去都行！只要不是紧贴在木箱上举起双臂站着不动就行。

我现在看得很明白：我当时若不是很平静，根本逃脱不了。或许我现在所达到的一切都归功于刚上船那几天之后我内心的平静。而这份平静的获得，我又应感谢船上的人们。

不管怎么说，他们是好人。我现在还很爱回忆他们那回荡在我半梦半醒之中的沉重的脚步声。他们有个习惯，做任何事都是慢吞吞的。要揉眼睛时，他们就会把手像千斤重担般缓缓举起。他们的玩笑粗鲁而亲切。他们的笑声中混杂着咳嗽,听起来可怕,其实并无恶意。他们嘴里总有东西要吐,至于往哪儿吐,他们是无所谓的。他们老抱怨我的跳蚤蹦到了他们身上;不过,他们从不因此真生我的气;他们知道我的长毛里跳蚤猖獗,而且跳蚤是蹦蹦高手;他们也就容忍了。不值班的时候,他们有时好几个在我身旁围成半圆坐下;不大说话,只是喉咙里互相咕噜着,躺在箱子上抽烟斗;我只要稍一动弹,他们就拍拍膝盖;时不时有人拿根棍子替我搔痒。现在如果有人邀请我乘坐这艘船,我肯定会拒绝,而同样肯定的是,当我回想那段中舱时光时,并不全是凄惨的回忆。

我从周围人那儿获得的平静首先使我打消了逃跑的念头。现在回想起来,我当时似乎就已预感到,要想活下去,就非得找到一条出路不可,而逃跑并不能找到出路。我现在已想不起,当时是否有可能逃跑。但我相信这是可能的。对于猴子来说,逃跑总是可能的。我现在的牙咬干果都得小心,而当时,我若费一些时间,将笼子的门锁咬断绝对没问题。我没有这样做。假使真这样做了,又能赢得什么呢?刚把脑袋伸出笼门,就又会被逮住,然后被关进一个更糟糕的笼子;或者,为了不引人注意,我可能就逃到了别的动物那儿去,比如我对面的蟒蛇群,在它们的拥抱中一命呜呼;或者,就算我真溜到了甲板上,跳离了船舷,在汪洋大海上颠簸一会儿,就淹死了。全都是绝望之举。我当时并没有像人那样盘算,但在周围环境的影响下,我的行为仿佛是经过了深谋远虑的。

我不盘算,可我静静地观察着。我看着这些人走来走去,总是同样的面孔,同样的动作,我常常觉得他们就是一个人。这个人或这些人自由自在地走来走去。我脑中朦朦胧胧地浮现出一个远大目标。没有人对我许诺,说我如果变得和他们一样,他们就会撤走铁笼子。人们对这种看来不可能兑现的事,是不会许诺的。

不过，事情若是真的兑现了，许诺事后也会显现，而且就出现在先前曾苦苦寻觅它的地方。这些人并无特别吸引我之处。倘若我追随前面讲到的那种自由，那我肯定宁愿跳进汪洋大海，而不要这些人的阴郁目光中流露的出路。反正我在想到这些事之前很久，就已经在观察他们了，日积月累的观察才促使我朝这个方向努力。

　　模仿这些人，真是轻而易举。头几天我就学会吐唾沫了。我们互相往脸上啐；区别仅在于，事后我会自己把脸舔干净，他们却不这样做。我很快就学会了抽烟斗，俨然一个老烟鬼；还用大拇指摁摁烟袋锅，逗得中舱的人哄堂大笑；只有空烟斗与装满烟丝的烟斗之间的区别，我久久不得其解。

　　最难对付的是白酒瓶子。光闻那味儿，我就直恶心；我竭力抑制自己；即便如此，还是过了好几个星期，我才克服了难受感。说也奇怪，人们对我的这些内心冲突比对我的任何其他方面都更关心。我在回忆中也分不清这些人,只记得一个人,他老来,有时独自一人来,有时和同伴们一起来,白天来,晚上来,什么时辰都来,拿着酒瓶子站在我面前,给我上课。他弄不懂我,他想解开我的生存之谜。他慢慢拔出瓶塞,然后看着我,想知道我是否懂了;我承认,我总是聚精会神地盯着他,目光中有一种疯狂与惊慌失措;人类教师走遍地球,也找不到像我这样甘拜人类为师的学生;拔出瓶塞后,他将瓶子举到嘴边;我的目光随之移到了他的喉咙;他满意地点点头,举起瓶子对着嘴唇;我为自己渐渐领悟而满心欢喜,吱吱叫着浑身乱挠;他也很高兴,举起瓶子喝了一口;我呢,急不可耐地想效仿他,绝望之余弄脏了笼子,这又使他大为满意;接着,他伸直手臂,把瓶子拿得远远的,又猛地举起来,以夸张的姿势示范性地往后一仰,一口喝干了。我呢,被极度的渴望折磨得四肢瘫软,没法再跟他做下去,虚弱地趴在栅栏上,他这时摸摸肚皮笑着,就这样结束了理论课。

然后才开始实践练习。我不是已经被理论部分弄得精疲力竭了吗?是的,精疲力竭了。这是我命中注定的。尽管如此,我还是尽可能地抓住递过来的酒瓶子;用颤抖的手拔出瓶塞;这个动作的成功使我渐渐积聚了新的力量;我惟妙惟肖地举起瓶子;将它放到嘴边,然后——然后厌恶地,厌恶地把它往地上一扔,因为瓶子虽是空的,酒味还在里面。这让我的老师伤心不已,我自己还更难过呢;扔掉瓶子后,我也没忘了得意洋洋地摸摸肚皮笑着,可这对他和我都已于事无补。

如此这般上了无数次课。我的老师真是值得钦佩;他没有生我的气;他有时当然也用燃着的烟斗烫我的毛皮,以致我身上不易摸到的地方烧了起来,可他接着又用他那慈爱的大手把火扑灭了;他没有生我的气,因为他认识到,我们站在同一条战线上为消灭猴子本性而斗争，而我这边的任务更艰巨。

　　因此，无论是对于他还是对于我，那都是一场多么辉煌的胜利啊：一天晚上，我在许多观众面前——当时可能是个节日，留声机放着音乐，一位军官在人群中穿梭——，就在这天晚上，我趁大家不注意，拿起不小心放在我笼子前的一个白酒瓶子，在大家越来越关注的目光下，动作规范地拔出瓶塞，把瓶子举到嘴边，没有犹豫，没有咧嘴，活像个老酒鬼，双目圆睁，咕噜咕噜喝光了，真的一饮而尽；把瓶子一扔，这回不再是出于绝望，而是艺术家的风采；虽然忘了摸摸肚皮；却——因为我别无选择，因为我不由自主，因为我神魂颠倒——以人的声音简短而准确地喊道："哈啰！"随着这声喊叫，我飞身进入了人类共同体的飞跃，我感到，他们的惊呼"听呀，他说话了！"仿佛吻了一下我大汗淋漓的身子。

我再说一遍：我并没有兴趣模仿人类；我模仿，因为我在寻找出路，没有别的原因。那一次胜利还没有解决很大问题。我的嗓子马上就不灵了；几个月后才又恢复了；我对白酒瓶的反感甚至更强烈了。尽管如此，有那一次胜利，我的方向就永远确定了。

当我在汉堡被交给第一位驯兽师时，我马上意识到我面前只有两种可能性：要么去动物园，要么去杂耍剧院。我没有犹豫。我对自己说：竭尽全力去杂耍剧院；这是出路；动物园不过是一个新笼子；你一进那儿，就算完了。

于是我学习，我的先生们。哎，学习是出于不得已；学习是想找条出路；我不顾一切地学。用鞭子鞭策自己学习；稍有抵触情绪，就把自己抽得血肉模糊。猴子本性连滚带爬地钻出我内心，嗖嗖地离我而去，以致我的第一位老师自己险些成了猴子，他不得不立即放弃教学，进了一家精神病院。好在他很快又出院了。

我可耗费了许多老师，甚至同时用好几个。当我对自己的能力已经比较有把握了，当公众开始关注我的进步了，当我的未来日益明朗时，我就自己聘请老师，让他们坐在五个相邻的房间里，我不停地从一个房间跳到另一个，同时接受他们的教诲。

这是何等的进步啊！知识之光怎样从四面八方涌进我那开始苏醒的大脑啊！我不否认：我因此感到幸福。可我也承认：我并没有自视过高，当时没有，现在更不会了。我以迄今为止地球上独一无二的努力，使自己达到了欧洲人的平均教育程度。这种程度本身根本不值一提，然而，由于它帮助我摆脱了笼子，为我开辟了这条特别的出路，这条人的出路，它就非同寻常了。有一句成语说得好：溜之大吉。我正是这样做的，我溜掉了。在没有自由可选择的前提下，我没有别的路可走。

当我回顾我的发展道路以及迄今为止的目

标时，我既不抱怨也不志得意满。双手往裤兜里一插，桌上放着葡萄酒瓶，我半卧半坐在躺椅里，凝视着窗外。如果有客人来访，我就礼貌得体地接待。我的经纪人守在前厅，我一按铃，他就进来听候吩咐。我几乎每晚都有演出，我的成就恐怕已经登峰造极了。当我参加完宴会、科学座谈、温馨的朋友聚会，深夜回到家时，一只半驯服的小母猩猩在等着我，我便按猴子的方式与她如鱼得水一番。白天我不愿看见她；她的目光流露出半驯服野兽的迷乱的疯癫；这只有我看得出，我受不了这目光。

不管怎样，我总体上达到了我的初衷。不能说，为此费那么大劲不值得。另外，我并不想做出人的评判，我只想传播知识，我只是在陈述，向你们，尊敬的科学院的先生们，我也只是做了陈述。

王炳钧 译

Franz Kafka
Das erzählerische Werk

Ein Landarzt

第一场痛苦

一位空中飞人艺术家——众所周知,这种在大杂耍剧院高高的拱顶中进行的表演是人所能及的难度最大的艺术之一——开始只是为了追求完美,后来也由于积习难改,就养成了这样的生活方式:只要一直在某家剧院表演,他就日日夜夜地待在高秋千上。他的所有需求——他的需求很少——由轮流值班的杂役来满足,他们在下面守着,把上面所需的一切物品都用特制的容器拉上拉下。这种生活方式并没有给周围环境造成特别的麻烦;只是在其他节目上演时,这有点干扰,他也不愿回避,仍旧待在上面,尽管他这时大多很安静,还是会时不时地使观众分神,向他投来一瞥。剧团领导们还是原谅他了,因为他是一位出类拔萃、不可替代的艺术家。而且,他们当然看得出来,他这样生活并不是存心捣乱,其实,只有这样,他才能一刻不停地保持练习状态，只有这样，他的艺术才能保持完美。

在上面待着益于健康，天气暖和时，剧院拱顶的一圈窗户全都打开了，强烈的阳光伴随着清新的空气射进这个昏暗的场所，上面甚至可谓美妙。当然，他的人际交往受局限了，偶尔有位同事顺着绳梯爬上来，他俩就坐在高秋千上，一左一右靠着吊绳，聊会儿天，要不，建筑工人们修缮屋顶时，从一扇敞着的窗户和他说几句话，要不，消防人员来检查最顶层楼座的应急照明，对他喊几句充满敬意却含混不清的话。平时，他的周围一片寂静；偶尔有位职员下午时分误入这空荡荡的剧院，才会若有所思地仰望那极目高处，空中飞人艺术家并不知晓有人在观察他，正在那儿练功或休息。

空中飞人艺术家原本可以就这样安宁地生活，只是剧团不得不巡回演出，旅行让他很恼火。尽管剧团经理特意安排，尽量缩短他的不必要的痛苦：若是穿过城市，就用赛车，尽可能在深夜里或天刚蒙蒙亮时,以极速驶过阒无一人的街道,然而,与空中飞人艺术家的愿望相比,这当然还是太慢;若是乘火车,就得包下整节车厢,让空中飞人艺术家在行李网架上度过旅途时光,这虽差强人意,毕竟还能稍稍替代他惯常的生活方式;在下一个巡回演出地,早在空中飞人艺术家到来之前,剧院里就已摆好了高秋千,而且,所有通向剧院的门都大敞着,所有走廊都畅通无阻,——每当空中飞人艺术家一脚踩在绳梯上,眨眼间终于又高高地吊在了他的秋千上时,这仍然是剧团经理一生中最美好的时刻。

剧团经理已成功地安排了许多次旅行,但是,每次新的旅行仍使他很为难,因为撇开其他方面不谈,这些旅行肯定使空中飞人艺术家的神经饱受折磨。

有一次,他俩又同乘火车,空中飞人艺术家躺在行李架上,做着梦,剧团经理坐在对面的角落里，靠窗读着书，这时，空中飞人艺术家轻声叫他。剧团经理马上走过去听候吩咐。空中飞人艺术家咬着嘴唇说，迄今为止，他表演杂技时只有一个高秋千，现在他非得总有两个不可，两个相互对着的高秋千。剧团经理立即表示同意。空中飞人艺术家却似乎想要表明剧团经理的赞同或反对都无关紧要，他说，从今以后，他再也不会只在一个高秋千上表演了，无论如何也不会。他一想到这可能真会发生，似乎就不寒而栗。剧团经理小心翼翼，察言观色，再次申明，他举双手赞成，两个高秋千比一个强，而且，这种新布置还有很多好处，会使表演更加丰富多彩。一听这话，空中飞人艺术家突然哭了起来。剧团经理大为惊骇，跳起身，问到底怎么了，由于得不到回答，便站到座位上，抚摩他，将他的脸贴着自己的脸，以致他脸上也流淌着空中飞人艺术家的泪水。然后，他还提了很多问题，说了许多奉承话，空中飞人艺术家才抽噎着说："手里只有这一根吊杆——我怎么还能活下去!"于是,剧团经理已经觉得比较好安慰空中飞人艺术家了;他答应就在下一站往下一个巡回演出地拍电报,叫他们多准备一个高秋千;他连连自责,不该让空中飞人艺术家这么长时间只在一个高秋千上表演,他感激并夸奖空中飞人艺术家,是他终于提醒了这个失误。就这样,剧团经理使空中飞人艺术家渐渐平静下来,又可以回到自己的角落去了。他自己却没有平静下来,而是充满忧虑地把目光悄悄越过书本,移向空中飞人艺术家。这种想法一旦开始折磨他,还能有终结之时吗? 不就必定会愈演愈烈了吗? 不就会威胁生存吗?空中飞人艺术家哭着哭着就睡着了,看上去睡得很安详,剧团经理觉得确实看见了,最初的皱纹开始爬上了空中飞人艺术家孩子般平滑的额头。

杨劲 译

Franz Kafka
Das erzählerische Werk

Ein Landarzt

小妇人

这是一位小妇人；天生就是个细高挑，她还将腰束得紧紧的；我看到的她总是穿着同一件衣服，淡黄加灰色的料子泛点本木色，饰有少许流苏或同样颜色的纽扣状的小缀物；她从不戴帽子，毫无光泽的金黄色头发光滑而整齐，只是梳得很松散。她虽然束着腰，动作却很敏捷，她当然夸大自己的敏捷，喜欢双手叉腰，将上身猛地扭向一侧。要说她的手给我留下的印象，我只能说，我还从未见过手指之间分得这么开的手；从解剖学上看，她的手并无古怪之处，是一双完全正常的手。

这位小妇人对我很不满意，她对我总有指责，她总是被我欺负，我处处惹她生气；假如能把生活分成若干小份，拿出每部分来单独评判，那么，我的生活的任何一部分必定都会令她生气。我经常寻思，究竟怎么会使她如此生气；或许我身上处处都不符合她的美感、正义感、习惯、观念、希望，但这种相互格格不入的人多的是，她为何要这么痛苦呢？我们之间根本不存在一种使她不得不为我而痛苦的关系。她只需下定决心，视我为素不相识的陌生人，其实我就是个陌生人，而且我不会反对这样的决定，反倒会很欢迎它，她只需下定决心，忘记我的存在 —— 我从来没有强迫她意识到我的存在，将来也不会这样 ——，一切痛苦就都化为乌有了。我这样说，完全撇开自己不谈，且不说她的举止当然也让我难堪，我撇开这些不谈，因为我认识到了，与她的痛苦相比，我的所有难堪都不足挂齿。我当然完全明白，这并非由爱而生的痛苦；她根本不是真正想让我变好，尤其因为她对我的所有指责并不会阻止我的进步。但她并不关心我的进步，只关心自己的利益，也就是对我给她带来的折磨进行报复，对我将来会带给她的折磨加以阻止。我曾试图提醒她，这种持续不断的愤怒最好能有个了结,这一提醒反倒使她勃然大怒,我不会再做这种努力了。

可以说,我这方面也有一定的责任,因为无论在我眼里这位小妇人有多陌生,我俩之间惟一的关系就在于,我给她带来了愤怒,或者毋宁说,她使我给她带来了愤怒,眼见她身体也受痛苦,我不能再无动于衷。我时不时地 —— 最近一段时间更频繁 —— 听到一些消息,说她早上又是面色苍白,睡眠不足,头疼,几乎无法工作;这使她的家人很担心,他们猜这猜那,至今仍然原因不明。只有我知道这种状况的缘由,这就是不断翻新的老愤怒。我当然不会像她的家人那样为她担心;她很强壮很坚韧;能够如此生气的人,大概也能克服生气所产生的后果;我甚至疑心她的痛苦 —— 至少一定程度上 —— 是装出来的,她不过想以这种方式使大家开始怀疑我。她心气太高,不会直截了当地说出我的存在怎样折磨着她;因为我而向他人呼呀,她觉得这会有损她的尊严;完全是出于反感,出于无休无止、永远催促着她的反感,她才和我打交道;还把这件不光彩的事公之于众,她觉得太丢脸。但她时时刻刻处在这件事的压力之下,完全避而不谈也不行。因此,她以妇人的狡黠,试图走一条中间道路;她一言不发,只想将内心的痛苦溢于言表,从而把这件事交给公众评判。她可能甚至希望,公众一旦密切注视我,就会对我产生公愤,以强硬的统治手段对我做出最终判决,与她相对弱小的私愤相比,这要强有力而且迅捷得多;然后,她就会退出,舒一口气,不再理睬我。如果她真这样希望,那就是妄想了。公众不会担当她的角色;即使我成为公众最为关注的焦点,公众也永远不会没完没了地指责我。我并非像她认为的那样是个废物;我不想自吹自擂,尤其是谈这件事时;我即便不因特殊才具而出类拔萃,也绝不会无能得引人注目;惟独在她眼里,在她的白眼里,我才是这样的，她不可能让其他任何人相信她的看法。如此说来，我就可以高枕无忧了？不，不可以，因为如果真的众所周知，我的所作所为把她快气病了，而几位好事者，也就是最勤快的耳报神，已经快要看穿这一点或者至少装作已看穿的样子，众人就会来质问我，究竟为什么不知悔改，折磨这位可怜的小妇人，是不是存心想把她气死，什么时候才能懂事些，有点同情心，不再折磨她，——如果众人这样质问我，我将无言以对。难道我应当承认，我不大相信她的病状，这样不就会给大家造成不快的印象，觉得我为了摆脱一种罪过而怪罪别人，而且方式如此不雅？难道我可以直说，我即便相信她真有病，也没有丝毫同情心，因为我根本不认识这位小妇人，我俩的关系完全是她建立的，只有从她那方面看才存在？我不是指众人不会相信我；毋宁说，众人既不会相信，也不会不相信我；他们根本就不会考虑是否相信我；他们只会将我关于一位体弱多病的妇人所做的回答记录下来，这对我就很不利了。无论我做出这种还是任何别的回答，众人的无能都会带给我难以摆脱的烦恼，他们不可能不怀疑我俩有恋爱关系，尽管明摆着我俩并没有这种关系，假使有，更多倒会是由我而生的，我若不是因为小妇人的优点而一再受到惩罚，确实有可能始终倾慕她那说服力强的判断和不懈的推论。而她那方面对我绝对没有丝毫友好表示；在这一点上，她很真诚，表里如一；这是我最后的希望所在；即使让众人相信她对我很友好符合她的战略，她也不会这样做。在这方面感觉迟钝的公众，会坚持他们的看法，总是做出反对我的决定。

因此，其实我惟一还能做的，就是趁公众尚未干涉，及时地改变自己，即便不能消除小妇人的愤怒——这是不可想象的——，总应当让她稍稍消点气。我的确常常反躬自问，我对自己的现状究竟是否很满意，以至于不想有任何改变，或是否有可能自己做些改变，难道这不可能吗？即使我这样做并非因为出于对其必要性的认识，而只是为了安抚小妇人。我确实这样努力了，付出了辛劳和心血，这甚至符合我的愿望，简直使我开心；个别的改变出现了，而且非常明显，我不必提醒小妇人，只要是这类事，她比我还先注意到，她从我内心已察觉到了我的意图的流露；然而，我没有取得任何进展。怎么可能有进展呢？我现在已经明白，她对我的不满是根深蒂固的；无论如何也消除不了，就是把我本人除掉也消除不了；她如果听说我自杀了，恐怕会怒不可遏。难以想象，像她这样有洞察力的妇人，我所看到的，她竟看不到：她的努力毫无希望，我是无辜的，我无法达到她的要求，尽最大努力也达不到。她绝对看出了这些，可她天生是个斗士，在斗争的激情中把这些都忘得一干二净了，而我倒霉就倒霉在 —— 我无从做别样的选择，因为这是与生俱来的——：当她已怒不可遏时，我还想对她耳语一个告诫。以这种方式我们当然永远无法沟通。每天一大清早，我幸福地走出家门，总会看见这张为我而愁苦的脸，恼怒地噘起的嘴唇，掠过我身上的审视目光——而且在审视前就已知道结果，即使只是稍稍一瞥，也一览无余——，深嵌在少女般面颊上的苦涩微笑，悲叹地仰望苍天，双手叉腰以便站稳，还有气得发白的脸和颤抖的身子。

前不久，我——说到这里，我很惊讶地承认——头一回向一位好朋友暗示了这件事，只是顺便说说，轻描淡写地讲了几句，我还把整个事情的性质——尽管对外界这其实并无严重影响——说得没那么严重。奇怪的是，这位朋友并没有一笑置之，反倒给这件事增添了严重性，不愿转换话题，揪住这件事不放。更奇怪的是，他在一个关键点上却低估了这件事，因为他郑重地劝我出门旅行一段时间。没有比这更愚蠢的建议了；事情虽然很简单，任何人只要对它稍有了解，就能看清底细，但也没这么简单，似乎我一走，一切或其中最重要的部分就摆平了。完全相反，我必须尽量避免离开；如果说我有什么应当遵从的计划，那就是无论如何也要让事情保持在现有的、外界尚未介入的狭窄范围内，也就是维持现状，安然处之，不要因这件事引起显眼的大改变，这也包括别跟任何人谈这事，不过，这并非因为这是一个危险的秘密，而是因为这是一件纯私人的也很容易承受的小事，因而不应夸大。在这一点上，朋友的看法并不是毫无用处的，虽然没有教给我任何新东西，毕竟使我更加笃信我的基本观点了。

想得仔细些就会发现，随着时间的流逝，事情似乎已发生的变化并非事情本身的变化，而只是我对它的看法有了发展，我的观点部分地变得更从容、更坚定、更接近实质，部分地也因受持续不断的震动的影响变得有些神经质了，即便这些震动十分轻微，但其影响是不可克服的。

我面对这事比先前从容，因为我想我认识到了，尽管有时一个决定似乎呼之欲出，其实还不会到来，人们——年轻时尤其如此——往往会高估决定到来的速度；只要我的小法官由于看见我而变得虚弱，歪倒在沙发上，一只手抓住靠背，另一只手摆弄着紧身胸衣，愤怒与绝望的泪水顺着脸颊滚落下来，我就总以为，决定就要出现了，我马上就会被传唤，就要出庭辩解。决定却根本没有出现，辩护根本没有出现，妇人们动不动就不舒服，众人没时间关心所有的事。这些年究竟发生了什么事呢？没什么，无非这种事一再出现，时弱时强，事件的总数增多了。人们围着这些事转来转去，只要能找到机会就很乐意插手；但他们没找到机会，他们迄今为止全凭嗅觉，嗅觉除了让他们有的可忙，别无用处。其实总是如此，总有这些百无聊赖、好管闲事的无用人，他们总是以某种极狡猾的方式——最爱用的是亲戚关系——为自己的接近辩解，他们总是窥伺着，鼻子总是灵得很，然而，这一切的结果只是，他们还站在原位。惟一的区别在于，我逐渐认出了他们，分得清他们的面孔了；我以前还以为，他们是从四面八方逐渐聚到一起的，事情的规模扩大了，自然就会要求做出决定；现在，我想我知道了，一切从来就是如此，与决定的临近不大相关或毫无关系。而决定本身，我为什么用一个这么大的字眼？如果有一天——绝对不是明天和后天，也许这一天永远也不会到来——公众真处理这件事了（我会一再重申的，公众并不管这件事），那么，我虽然不会毫毛不伤地经受审理，可是不会不考虑到，我并非默默无闻的，我一直为公众所瞩目，深受信赖而且赢得信赖，因此，这个后来才出现的痛苦的小妇人——顺便说一句，如果不是我，换一个人，可能早就把她当作无理取闹的人，不为公众所知，无声无息地一脚把她踩扁了——顶多只能在公众早就颁发给我的证书（证书宣布我是受人尊敬的成员）上添加一个丑陋的小花饰。事情的现状就是这样，我不应为此而不安。

随着年龄的增长，我变得有些不安了，这与事情本身的性质毫无关系；总让某人生气，这是难以忍受的，即便明明知道这人的生气毫无道理；我变得不安了，开始——只是身体——暗暗地期待决定，尽管理智上不大相信决定的到来。这在一定程度上也只是一个年龄现象；青春少年粉饰一切；不大悦目的细节都消失在青春少年旺盛的朝气中了；年轻时可能也有窥伺的目光，但谁也不会见怪，大家根本没有察觉到，甚至自己都没有注意到；然而，年老时剩下的就是残余，每个残余都是必要的，没有一个残余被更新了，每一个都受到注意，一个上了年纪的男人的窥伺目光就是明摆着的窥伺目光，并不难断定。只不过，这也并不意味着事情真的变糟了。

不论从哪个角度看这件事，我都始终认为并相信，只要用手轻而易举地将这件小事盖住，我仍能不受外界的干扰，长久地继续现在的安宁生活，不管小妇人怎样怒气冲天。

杨劲 译